# बोनसाई कहानियाँ

# बोनसाई कहानियाँ

लता कादंबरी

ग्रंथ अकादमी, नई दिल्ली

प्रकाशक : **ग्रंथ अकादमी**
भवन संख्या-19, पहली मंजिल, 2, अंसारी रोड, दरियागंज, नई दिल्ली-110002
 / संस्करण : 2024 / मूल्य : तीन सौ रुपए
मुद्रक : आर-टेक ऑफसेट प्रिंटर्स, दिल्ली ISBN 978-93-83110-32-2

**BONSAI KAHANIYAN** *stories* by Lata Kadambari ₹ 300.00
Published by **GRANTH AKADEMI**
Building No. 19, First Floor, 2, Ansari Road, Daryaganj, New Delhi-2

*लेखिका*

**लता कादंबरी**

इस पुस्तक के सुंदर चित्रांकन का कार्य
बड़ी लगन, निष्ठा एवं प्रेम के साथ
मेरी किशोरवय पुत्री 'कादंबरी' ने किया।
मेरी कल्पनाओं को साकार रूप देने के लिए
मेरे पास उसके लिए शब्द नहीं है।
पर इतना सच है कि संवेदनाओं के चेहरे एक से होते हैं,
ईश्वर तुम्हें निरंतर प्रगति मार्ग पर प्रशस्त करे,
तुम निरंतर नई ऊँचाइयों को छुओ,
मेरी ईश्वर से तुम्हारे लिए ढेर सारी प्रार्थना है।

# भूमिका

लता कादंबरी उद्यमशील और उत्साही लेखिका हैं। अपनी तमाम कारोबारी और घरेलू व्यस्तताओं के बावजूद साहित्य सृजन में उनकी गहरी संलग्नता है, जिसका जीता-जागता प्रमाण है उनकी 216 लघुकथाओं का यह सुदीर्घ संकलन है। इन बहुरंगी और पठनीय कथाओं में लेखिका ने जीवन के छोटे-छोटे, परंतु अर्थपूर्ण क्षेपकों के माध्यम से समसामयिक ज्वलंत प्रश्नों और समस्याओं को उठाकर अपने सामाजिक और मानवीय सरोकारों की आश्वस्तिकारक बानगी प्रस्तुत की है।

उनकी रचना यात्रा ऐसे ही अविकल चलती रहे, यही कामना है!

राजेन्द्र राव

(राजेंद्र राव)

# हृदय स्पंदन

जिंदगी के रास्ते तलाशते कब कलम से मेरी दोस्ती हो गई, पता ही न चला। फिर तो चलना-फिरना, हँसना-रोना, सोना-जागना सब इसी के साथ हो गया।

सुंदर सृजन बिना पीड़ा के कब संभव हो पाया है, जब पीड़ा घनी हो जाती है तब उसे बरसना ही पड़ता है। 'लो मैं बरस गई शब्दों की गागर ले'।

उन्हीं दिनों मैंने जाना कि 'नव सृजन' ही आनंद है। अत: आत्मानंद की अनुभूति की इच्छुक मैं दिनोदिन रचनाक्रम में लीन होती चली गई, जिसका परिणाम आज आपके सामने है।

सालों से मेरी मन की कंदराओं में छिपे भाव कल्पनाओं का रूप धारण कर अकसर मचलते रहते थे। उस पल मुझे ऐसा लगता था, मानो कोई देवदूत विविध प्रकार के शब्दों की टोकरी सजाए संध्या बेला में मेरे मन-आँगन में उतर आया हो और फिर रात होते-होते कल्पनाएँ जो उड़ान भरतीं तो फिर रुकने का नाम ही न लेतीं। इन्हीं कल्पनाओं का परिणाम हैं—'बोनसाई कहानियाँ'।

जहाँ तक बात 'बोनसाई कहानियाँ' शीर्षक की है, मैंने इन नन्ही-मुन्नी कहानियों के लिए आधे-अधूरे कई शीर्षक सोचे, पर मन कहीं भी ठहर नहीं पा रहा था। तभी अनायास घर के बगीचे में करीने से ट्रे में सजी बरगद की बोनसाई पर मेरी निगाह गई। उस नन्हे, लेकिन संपूर्ण पेड़ की एक-एक जटा मिट्टी को छू जाने को व्याकुल थी। मुझे लगा, मेरी कहानियाँ भी तो इन्हीं

बोनसाई वृक्षों के समान आकार में नन्ही होते हुए भी मतलब का सारा सार अपने में समेटे हुए हैं, तो क्यों न इन कहानियों का नामकरण बोनसाई ही कर दूँ। पूर्णत: आधुनिक एवं सारगर्भित। यह सोचकर मेरी आँखें चमक उठीं।

पुस्तक में अधिकांश जगह आपको मेरी भाषा में गहनता दिखाई देगी; पर मौका मिलते ही मैंने जगह-जगह हास्य-व्यंग्य की शैली भी अपनाई है, जो पाठकों के मिजाज के अनुकूल है।

फास्ट फूड तथा पाउच के जमाने में वक्त की कमी को देखते हुए कहानियाँ भी छोटी-छोटी होनी चाहिए न! ऐसा सोच मेरी कलम सी.सी. कैमरा बन समाज की अनछुई नब्ज को तलाशने लगी। कलम कहाँ तक अपने प्रयास में सफल रही, यह तलाशना अब आप पाठकों का काम है।

ये कहानियाँ आपको नारी सशक्तीकरण, नारी समानता, नारी हिंसा, कन्याभ्रूण हत्या पर गहन विश्लेषण करती दिखाई देंगी। इन कहानियों में जहाँ एक ओर मानवीय संवेदना दिखाई देती है, वहीं दूसरी ओर समाज में दरकते रिश्तों की टूटन भी दिखाई पड़ती है। कहानियाँ लोगों के पाखंड तथा तर्क-कुतर्क का स्पष्ट आईना हैं। यह बोनसाई आकार में छोटी सही, पर विचारों से लबरेज है।

'शो केस में रखी आइस्क्रीम' समाज की अजीब मानसिकता से रू-ब-रू करवाती है, वहीं 'मुर्गी नं.-07', 'एक और यथार्थ' तथा 'उसके वास्ते' समाज का कटु यथार्थ पाठकों के सामने प्रस्तुत करती है। 'धर्म-निरपेक्ष', 'दो मुरदे' तथा 'टिल्लू' कहानियाँ धर्म के खोखलेपन का पोस्टमार्टम करती दिखाई देती हैं। किशोर मन का भटकाव है 'वह लड़का' कहानी।

'एड्सदेवता' की नारी पात्र महिला हिंसा को लेकर कुछ सुझाव देती प्रतीत होती है। 'पैतृक संपत्ति' तथा 'नारी सशक्तीकरण', दोनों ही कहानियाँ इस विषय पर प्रश्न उठाती हैं। वहीं कुछ बड़ी कहानी, 'खिड़कियाँ खोल दो', हम सभी को जिंदगी जीने का सलीका सिखा जाती है। 'दो मिनट' कहानी विवाह तथा सेक्स जैसे मुद्दे पर मुखर हो अपनी बात कहने का दमखम रखती है।

वहीं 'पापा ठंडे हैं, पापा मारते नहीं' कहानी संवेदना की पराकाष्ठा तय

करती है। जब शराबी बाप के प्यार को तड़पती नन्ही बच्ची उसके मृत शरीर का आलिंगन कर पहली बार शरीर का शीतल स्पर्श पा पुलिस के आने पर बड़ी मासूमियत से कह उठती है—"पाप ठंडे हैं, पापा मारते नहीं" कथन किस सहृदय के हृदय को झकझोर कर नहीं रख देगा।

दोस्तों, मुझे लगता है कि नए विचारों की जरूरत हर काल में समाज को होती रही है, उसका सर्वश्रेष्ठ माध्यम है साहित्य, परंतु हिंदी साहित्य-जगत् में लघुकथाओं का कुछ-कुछ अभाव देख मैंने स्वयं इस महती कार्य को करने का प्रण कर डाला। मेरी ये कहानियाँ समाज के अनेकानेक मुद्दों को छूती और नैतिकता तथा व्यावहारिकता के बीच संतुलन बनाती आपको दिखाई देंगी।

दोस्तो, मैं सौभाग्यशाली हूँ कि लेखन में मुझे परिवार में किसी तरह के दबाव का सामना नहीं करना पड़ा। पिछले कुछ सालों से जीवन का एक-एक अध्याय पढ़ती गई और लिखती गई। परिवार के प्रत्येक सदस्य ने हमेशा मुझ पर तथा मेरी कलम पर भरोसा किया, पर हिम्मत और विश्वास तो खुद का ही काम आता है।

अब देखना यह है कि मेरी संवेदनाएँ आपकी संवेदनाओं से कितना टकराती हैं। मेरे द्वारा गढ़े गए पात्रों के दुःख-दर्द आप पाठकों के दर्द बनने की कितनी सामर्थ्य रखते हैं। अगर मेरे इस प्रयास से समाज में थोड़ी सी भी हलचल दिखाई दे जाती है, तो मैं अपने आपको धन्य मानूँगी।

**—लता कादंबरी**

# अनुक्रम

# भूत की बातें

एक भूत इनसान से कहने लगा—तुमसे ज्यादा मेरा दबदबा है। तुम मुझसे डरते हो। मैं हँसता हूँ तो तुम रोने लगते हो। मैं तुमसे श्रेष्ठ हूँ। मुझे न गरमी में एसी की जरूरत है न जाड़े में हीटर की। मुझे न बिजली, पानी की चिंता है न टूटी सड़कों की और तो और, कपड़े धोने एवं पहनने की भी कोई चिंता नहीं। न घरों के टोटे हैं और न ही भीड़ भरी सड़कों पर चलने में दिक्कत।

मुझे चोरी-डकैती, मार-पीट, छीना-झपटी का भी डर नहीं। न मुझे हाउस टैक्स, न वाटर टैक्स और न ही बिजली का बिल देना पड़ता है। जहाँ चाहें उड़ते हुए चले जाते हैं। हमारे लिए मर्द और औरत का भेद भी नहीं। जिस चोले में चाहते हैं रहते हैं, जो चाहते हैं खाते हैं और फिर खिसक जाते हैं। पेमेंट-वेमेंट का चक्कर भी नहीं। न परिवार का झंझट, न ही बच्चों की टेंशन। शरीर नहीं तो बीमारी नहीं, बीमारी नहीं तो खर्चे नहीं। फिर भी तुम श्रेष्ठ कैसे? इनसान ने कहा, हम सकारात्मक सोचते हैं, तुम नकारात्मक। हम साहसी हैं, संघर्ष करते हैं। तुममें वह हिम्मत नहीं है। एक मुल्ला-तांत्रिक तुम जैसों के

होश ठिकाने कर देता है। वह मुहावरा सुना है, मार के आगे भूत भागता है? यह कहकर इनसान ने पास में पड़े डंडे की ओर देखा। फिर निगाह उठाई तो भूत गायब था।

~ * * * ~

# काला चाँद

आज वह बड़ी खुश थी, मन में ढेरों उल्लास तथा सपने थे। पर मन में एक सवाल भी था कि कहीं माँ की बताई कहानी के अनुसार यह कहानी भी उलटी न पड़ जाए। माँ सुनाया करती थी कि एक व्यक्ति के बारे में बचपन में ज्योतिषी ने भविष्यवाणी की थी कि उसके चारों तरफ एक नहीं, दो नहीं, अनेक गाड़ियाँ घूमेंगी। साधारण सी परिवारिक पृष्ठ भूमि वाले उस व्यक्ति को यह सुन अपने भाग्य पर विश्वास न हो रहा था; आखिरकार भविष्य वाणी सच हुई क्योंकि वह अब 'ट्रैफिक पुलिस' बन गया था।

इसी तरह मन में सतरंगे सपने सँजोए आयुषि आज खुशी के मारे चहक रही थी; उसे विश्वास न था कि पैरामेडिकल की पढ़ाई कर उसे आगे अभी और बहुत आगे जाना है। उसे लगता था कि हो सकता है कभी कोई ऐसा वक्त आए कि आकाश में चाँद के समान उसका भी कोई वजूद हो जाए?

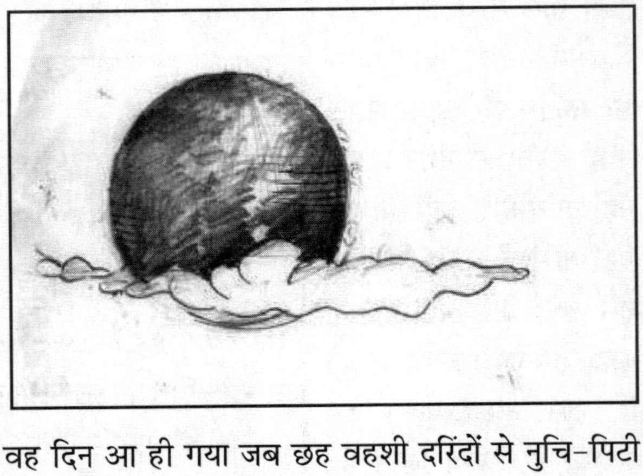

आखिरकार वह दिन आ ही गया जब छह वहशी दरिंदों से नुचि-पिटी वह दुनिया के आसमान पर 'काला चाँद' बन चमक उठी।

~ * * * ~

# योनियोग

सुर्खियों में रहनेवाले एक केंद्रीय मंत्री ने शहर के प्रतिष्ठित ज्योतिषी को जन्मपत्री दिखाने के लिए अपने घर बुलवाया। काफी देर तक अनेक तरह से वे उनकी जन्मपत्री में दी गई ग्रह दशाओं का आकलन करते रहे, पर मंत्रीजी की जिज्ञासा शांत होने का नाम ही नहीं ले रही थी। उनका अभिप्राय समझकर ज्योतिष दुबे बोले, "आपको सिंगल हीरा पहनना वर्जित है; अत: आज से आपको हीरे की ये दोनों अँगूठियाँ उतार देनी चाहिए अन्यथा आपका अनेक स्त्रियों से संबंध होगा।"

यह सुन, नेताजी मुसकराए फिर बोले, "आप लोगों की भविष्यवाणियों को झुठलाया भी तो नहीं जा सकता है, आप लोग ही तो कहते हैं कि मेरी जन्मपत्री में 'योनियोग' है तो फिर मैं कैसे कसूरवार हुआ?"

पंडितजी भी क्या कहते, बस खुद भी थोड़ा सा मुसकरा दिए।

# 'टू इन वन'

एक योग केंद्र संचालक अपना आश्रम न चलने की चिंता लिये सो गए, उस रात उनके सपने में पीजा-बर्गर हाथ में लिये भगवान् कृष्ण प्रकट हुए। पीजा-बर्गर हाथ में देख भीड़ उनकी तरफ बढ़ी, जबकि पास ही ताजी मुलायम रोटी, दाल तथा सलाद पड़ा था। योगाचार्य अकेले ही वे सारे भोज्य पदार्थ खाने लगे। उनको उदास देख कृष्ण बोले, "वत्स! माना कि तुम्हारी योग रूपी रोटियाँ अधिक स्वास्थ्यवर्द्धक हैं फिर भी जनता पीजा-बर्गर रूपी जिम का आस्वादन लेना चाहती है, और तो और आजकल तो लोग मेरा भी टेस्ट बदलने को उतारू—जन्माष्टमी के दिन माखन मिश्री की जगह मुझे केक का भोग लगाने लगे हैं, क्या करें, भक्त की जैसी इच्छा।" इसी प्रकार स्वास्थ्य जिज्ञासुओं की इच्छा तथा जरूरतों को ध्यान में रखकर अगर तुम अपने आश्रम का आधुनिकीकरण कर उन्हें 'टू इन वन' सुविधाएँ देने के योग्य

बनाओगे तो कोई कारण नहीं कि आश्रम की भीड़ तुमसे सँभाले न सँभले।

~***~

## एक और यथार्थ

एक मुरगी और एक लड़की के बीच दोस्ती हो गई। लड़की फुटपाथ पर एक छोटी सी झुग्गी डालकर रहती थी। पास पड़े कचरे के ढेर पर मुरगी रहती थी। हर सुबह मुरगी की दाने चुगने की आवाज सुनकर लड़की जग जाती और दोनों सहेलियाँ, जिस ओर ऊँची-ऊँची और आलीशान इमारतें थीं उधर, सैर को निकल जातीं। वे इमारतों में रहने वालों के चेहरों को हसरत भरी निगाहों से देखती जातीं। हर निगाह का अपना निशाना होता। अनेक शिकारी निगाहों का निशाना, 'मुरगी वाली छोकरी' होता तो कई निगल जानेवाली नजरें 'छोकरीवाली मुरगी' का पीछा करतीं। कचरे पर रहनेवाली मुरगी उसांसी, "अहा! इन अमीरों का आहार कितना जायकेदार होता है।" फुटपाथ पर सोनेवाली लड़की साँस भरती, "इनके मखमली गद्दे न जाने कितने नरम, मुलायम और कोमल होते होंगे। काश हम वहीं होते।" दोनों असंभव-सा सपना देखतीं। लेकिन एक दिन असंभव संभव हो गया, दोनों सहेलियाँ उनके ख्वाबों की जादुई दुनिया में पहुँचा दी गईं। जहाँ लड़की खुद एक मखमली गद्दा थी और मुरगी स्वादिष्ट आहार में तब्दील हो चुकी थी।

~***~

## आह ! मैं बूढ़ी हो गई

आज मेरा पचासवाँ जन्मदिन मनाया जा रहा है। मैं आज बहुत ही खुश हूँ, शायद उससे भी अधिक खुश, जब मैं छोटी थी, जानते हैं क्यों? क्योंकि अब मैं पूर्णत: उन्मुक्त हो सारे जहान में विचरण कर सकती हूँ, जबकि पहले न जाने किस-किसकी कामुक निगाहें मुझे दबोच लेने को तैयार रहतीं और मैं, मैं असहाय मेमने-सी बिलबिलाकर रह जाती। बूढ़ी हुई तो क्या? चलो, इस गंदगी से तो छुट्टी मिली। जो हुआ सो हुआ, जो हुआ अच्छा ही हुआ।

~✻✻✻~

## अपनी बेटियाँ

एक शादी के कार्ड में बेटियों के संबंध में कुछ ऐसे लिखा था, ''नाना नानी, दादा-दादी की दुलारी होती हैं बेटियाँ, माँ-बाप के दर्द में हमदर्द होती हैं बेटियाँ, दो-दो कुलों की लाज होती हैं बेटियाँ, हीरा अगर है बेटा तो सच्चा मोती हैं बेटियाँ। कहने को पराई अमानत हैं बेटियाँ, पर बेटों से बढ़कर हैं 'अपनी' बेटियाँ।''

अनायास ही मेरा हाथ 'अपनी' शब्द पर जाकर रुक गया। मैं सोचने को मजबूर हो रही थी कि समस्या अपनी बेटियों से कहाँ होती है? समस्या की सारी जड़ें तो केवल पराई बेटियों में छुपी रहती है। भला ऐसा क्यूँ?

~✻✻✻~

## मुरगी नंबर-7

साथ पढ़नेवाले लड़के-लड़की आपस में मिलते थे। लड़की को लगता था; प्यार हो गया है, लड़का भी शायद ऐसा ही कुछ सोच रहा था। कुछ समय बाद लड़के ने लड़की से अपने प्यार का इजहार किया। लड़की भी अब कुछ ज्यादा ही चहकने लगी थी। लेकिन, अब पहले की बजाय लड़की के मोबाइल पर लड़के के फोन आने कम हो गए। अगली बार जब वे स्कूल में मिले तो लड़की के नाराज होने पर लड़का अपने प्यार की कसमें खाने लगा, पर कसमें खाने के बावजूद लड़का लड़की को दो-दो दिनों तक फोन करना भूल जाता है।

आज न जाने क्यों, लड़की लड़के से कुछ अधिक ही नाराज थी। लड़के ने मनाने की गरज से कहा—"अंकिता, मुझ पर यकीन करो, मैं तुमको बहुत प्यार करता हूँ।" "तब, दो दिनों से फोन क्यों नहीं किया?" "बस जरा यूँ ही, तुम बेकार बात का बतंगड़ बना रही हो, वह तो नेटवर्क में खराबी आने से तुमसे कॉन्टेक्ट नहीं कर पा रहा था।" कहीं और से कॉन्टैक्ट कर लेते।" लड़का थोड़ी तेज आवाज में बोला, "तुम मुझ पर शक करती हो, मैं कोई हनुमानजी तो हूँ नहीं जो अपना सीना चीर कर दिखा दूँ कि मेरे दिल में तुम, सिर्फ तुम ही हो।"

तभी अचानक लड़की के दिमाग में कुछ आया और एक मिस्ड कॉल मारते हुए लड़के के हाथ से उसका मोबाइल छीनकर, मोबाइल के बटन तेजी से दबाने लगी, मोबाइल में अपने नाम की जगह मुरगी नंबर-7 देखकर वह तिलमिला उठी और चिल्लाकर बोली, "जब मैं तुम्हारे मोबाइल में नहीं तो तुम्हारे दिल में क्या हूँगी?" यह कहकर क्रोध में आकर, तेजी से वहाँ से निकल गई। लड़का चोर निगाहों से, लड़की को देखता रह गया।

~✻✻✻~

## आनंद-ही-आनंद

एक बहुत प्रसिद्ध गीतकार था। उसने अनेक सुंदर गीत रचे थे परंतु वह कभी धार्मिक स्थलों पर ईश्वर को सिर नवाने नहीं गया। एक दफा

किसी रिपोर्टर ने इंटरव्यू के दौरान इस विषय पर उससे जानना चाहा। दो मिनट तक मौन रहकर वह बोला, "आप जैसा सोच रहे हैं, वैसा नहीं है। सच तो यह है कि कलासृजन के समय मैं कुछ समय के लिए जिस सृजन की काल्पनिक दुनिया में चला जाता हूँ, मेरे लिए वह आनंद एक स्वर्णिम आनंद होता है। इसीलिए तो मुझे लगता है कि ईश्वर सबसे ज्यादा मेरे करीब है वरना इतने सुंदर गीत रचने की हिम्मत मुझमें कहाँ?"

~***~

## गुण या अवगुण

लड़का-लड़की दिखाने की रस्म चल रही थी। पास बैठे परिवार वाले बढ़चढ़ कर लड़की के गुणों की तारीफ कर रहे थे। लड़के वाले भी लड़के की खूबियाँ गिनाने में पीछे नहीं थे, उनके बीच काफी बातें तय हो चुकी थीं। दोनों ही पक्ष रिश्ता पक्का करना चाहते थे, कुछ समय बाद लड़के-लड़की के एकांत में बात करने का वक्त आया। औपचारिकता भरे कुछ सवाल-जवाब के बाद लड़के ने लड़की से कहा, "बेहतर होगा कि हम शादी से पहले ही एक-दूसरे के गुणों-अवगुणों को जान लें।" चारों तरफ सन्नाटा छा गया। तभी लड़की बोली, "मैं भी तो यही जानना चाहती हूँ।"

कहना न होगा—बिना कोई निर्णय के वे सभी उठ खड़े हुए।

~***~

## तलाश

बड़ी बहू कह रही थी, न तो मैके में और न ही ससुराल में प्यार मिला, सोचा था माँ-बाप न सही ससुराल में ही प्यार मिलेगा। मझली बोली, क्या सास-ससुर भी कभी माँ-बाप हो सकते हैं? मैके में इतने लाड़-प्यार से पली, आज प्यार को तरस रही हूँ। छोटी बहू की ओर कटाक्ष करते हुए, जितना प्यार मैंने अपनी माँ के घर पर पाया है उतना प्यार तो माँ-बाप अपनी एक बेटी को भी नहीं दे सकते। छोटी बहू जो माँ-बाप की इकलौती संतान

थी कुछ सोचकर चुप ही रही, जानती थी कुछ कहना बेकार है। उनकी ब्याहता ननद ने समझदारी दिखाते हुए कहा, "इसीलिए तो मैं यहाँ आ जाती हूँ इसी बहाने मन बहल जाता है अन्यथा सब यों ही है।" सास मन-ही-मन भुनभुना रही थी, "बड़ी आई प्यार वाली, जो हमने न पाया तुम्हें क्या देंगे।"

इसी बीच पोते ने आकर स्नेहवश दादी के गले में बाँहें डाल दी। उसके सहज आलिंगन से अभिभूत दादी ने उसे सीने से लगा लिया।

जो समस्या इतनी सारी स्त्रियाँ मिलकर न सुलझा पा रही थीं, उसे एक नन्हे बच्चे ने अनजाने ही सुलझा दी थी।

~***~

## रिश्ते

मिलनसार स्वभाव की मारी दुनियादारी से अनजान वह अकसर किसी-न-किसी के घर चली जाती, इस बहाने थोड़ा-बहुत हँस-बोल लेती। एक दिन पीठ पीछे उसने सुना, 'काम-न-काज, चली आती है।'

उसे लगा उससे कोई गलती हो गई है, उस दिन से आना-जाना कम कर दिया। भाभी द्वारा एक दिन शिष्टाचार वश दिए गए निमंत्रण के मर्म को न समझ वह बहुत दिनों बाद भाई के घर गई। भाभी तब तक अपने निमंत्रण को भूल चुकी थी, कमरे में जाकर बेटी से बोली, "जरूर कोई काम होगा वरना कौन किसके घर आता है। इस बात की आहट सुन, बिना किसी से एक शब्द कहे वह मैके से अपने घर जाने के लिए बाहर निकली। गेट पर ही बगल के मकान में रहनेवाली बुआ जी शुतुरमुर्ग के जैसी गरदन उठाकर बोलीं, "कभी आना" उसे लगा बुआजी कह रही हैं "कभी न आना"।

यह है आज के रिश्तों की गरिमा।

~***~

# जीवन संचय

न चाहते हुए भी आँसू मन का राज खोल रहे थे। आँखों की सीप से आँसू मोती बन लुढ़क रहे थे। श्रीया का मन बार-बार भारी हुआ जा रहा था।

इसी बीच पाँच साल की उसकी छोटी सी बच्ची तान्या आकर उसके गालों को थपथपा जाती है, अपने नन्हे-नन्हे हाथों से आँसू पोंछ माँ को बार-बार दिलासा देती तो कभी माँ की गोद में बैठ उसे पुचकाराने लगती।

श्रीया को कुछ सालों पहले की बात; याद आ गई, जब एक के बाद दूसरी लड़की के गर्भ में पलने का पता होने पर घरवालों ने बच्चा गिराने की उसे नेक सलाह दे डाली थी और कहा था—अगली बार बेटा पैदा करना, पर श्रीया न मानी। जिद्दी जो ठहरी! पर आज माँ की मृत्यु पर रोते हुए उसे लग रहा था कि कोई तो है जो उसकी भावनाओं के साथ है। यही तो है उसका असली 'जीवन संचय', जिसके साथ जीवन भर वह अपनी भावनाओं को बाँट सकती है।

~***~

# खुश रहने के लिए

आज मैं उम्र के जिस मोड़ पर आकर खड़ी हो गई हूँ। मेरी सुंदर आँखें कुछ-कुछ अंदर की ओर धँसने लगी हैं, झुर्रियों ने भी चेहरे पर अपना साम्राज्य कायम कर लिया है, होंठ और गाल अंदर की तरफ लटकने लगे हैं। मैं यह सब जानती हूँ पर खुद को हमेशा जवान रखने की हसरत लिये मेरा यह मन कुछ भी मानने को तैयार नहीं है।

एक समय था जब अपने रूप-रंग पर इठलाती मैं, दिन में न जाने कितनी बार अपनी मोहनी सूरत शीशे में देखा करती और शीशा भी तो मेरी दिन-रात चापलूसी किया करता था। वाह! कैसे प्यारे थे वे दिन। पर अब?

अब तो न वह रूप रहा; न शीशा। सच तो यह है कि मन को बहलाने के लिए मैंने ही शीशा देखना छोड़ दिया।

खुद को भ्रम में डालकर 'खुश रहने के लिए'।

~***~

# जीने से पहले

प्रवचन के दौरान बाबा कह रहे थे, "यह धन, यह दौलत यह माया सब यहीं रह जाती है, भरनी है तो झोली राम के नाम की भर ले बच्चा! जिसको तुम माँ, बहन और पति मानते हो वे सब तो शरीर हैं, असल चीज तो आत्मा है।"

दूर खड़ी टी.वी. के लिए वीडियो रिकॉर्डिंग करती लड़की को देखकर बड़ी नम्रतापूर्वक आग्रह के साथ वे बोले, "भाग्यवती! दो दिनों की जिंदगी है बच्चा, थोड़े समय तू भी राम भजन कर ले।"

उसको अपनी जगह से हिलता न देख खुद को तिरस्कृत महसूस करने पर बाबाजी को क्रोध आ गया और चिल्लाए, "यहाँ से हट नास्तिक, तेरा यहाँ कोई काम नहीं है।"

किसी की परवाह किए बिना वह लड़की भी चिल्लाई, "क्यों आतंकवादियों के समान हम सबकी जिंदगी में अफीम बोते हो बाबा! बाबा ऐसा ही है तो यह आपकी 'महामाया' आपकी चाकरी में क्या किया करती है और कोई मजबूत कंधा आपके पास नहीं है, जिसके सहारे आप ढंग से सीधे तो खड़े हो सकें"। आगे वह बोली, "बाबा आप राम का नाम लेने की बात करते हैं, पहले राहुल के प्रेम में तो पूरा डूब जाने दो, तब न मैं उस अविनाशी का नाम जप सकूँगी। आपने बताया; जिंदगी चार दिनों की है, मतलब कि जिंदगी के चार पड़ाव होते हैं तो पहले दूसरा पड़ाव तो पार करने दो। मौजमस्ती करके मरूँगी तो कम से अतृप्त तो न मरूँगी।" अंत में वह बोली, "बाबा जीने से पहले मरने की बातें करना आपको शोभा नहीं देता।"

~ * * * ~

# एक 'माई'

एक माई को बुढ़ापे के कगार पर पहुँचने पर भी किसी ने पूजा-पाठ, मंदिर तथा तीर्थस्थान जाते हुए कभी न देखा, मुहल्ले के बुजुर्गों के बीच कभी-कभी उसकी चर्चा चल निकलती, किसी को भी समझ में

नहीं आता कि आखिर जीवन के अंतिम पड़ाव में भी माताजी नाती-पोतों का मोह क्यों नहीं छोड़ पा रही हैं।

एक दिन मेरा उनके घर जाना हुआ, घर का वातावरण देख मन खुशी से भर उठा, वहाँ चार पीढ़ियाँ बिना किसी गिले-शिकवे के साथ-साथ रह रही थीं।

मैंने माँजी से मुहल्ले में हुई चर्चा का जिक्र किया तो बड़ी शांति से उन्होंने मेरी जिज्ञासा का समाधान किया—

वे बोलीं, ''देखो शिल्पा! सबसे बड़ा तीर्थ होता है गृहस्थाश्रम। ऐसा नहीं है कि मैं मंदिर और शिवाले न गई पर वहाँ आई असंतुष्ट और कुंठित औरतों को देखकर मुझे आत्मज्ञान प्राप्त हुआ कि सेवा ही करनी है तो घरवालों की करूँ, क्योंकि यह घर ही तो मंदिर, मसजिद, काबा है। तुम जानती हो आत्मा ही परमात्मा है। तब से आज तक मैं इस सुखी परिवार का हिस्सा बनकर अमृतपान कर रही हूँ।''

~***~

## मरघट से पहले

उस दिन आई.सी.यू. के अंदर पहुँचने पर मन वितृष्णा से भर गया, वहाँ आदमी के जिंदा रहने या न रहने के बीच सूक्ष्म लकीर खिंची जान पड़ रही थी। तभी वहाँ बाहर से लड़ाई-झगड़े तथा मार-पीट की आवाज सुनाई दी। एक आदमी को जोर से चिल्लाते हुए सुना, ''दो दिनों से डेड बॉडी आई.सी.यू. में रखे हैं, ये डॉक्टर नहीं डकैत हैं, आवेश में आकर ये आदमी को ही नहीं मारते बल्कि उनका धन भी लूट लेते हैं।'' तभी एक जवान व्यक्ति लोहे की एक मोटी रॉड लेकर आई.सी.यू. का शीशा तोड़ने के लिए वेगपूर्वक आगे बढ़ा, मन में एक हूक उठी, ये मरघट के पंडे तो देखे थे, पर मरघट से पहले भी पंडे होते हैं यह आज जाना।

~***~

## वह औरत

वह औरत कैंपस में पैदल ही चली जा रही थी। दूर से उसे आती देखकर सामने से आती औरतों के झुंड में से एक बोली, ''जाने कहाँ, अकेले चली जा रही है।''

दूसरी बोली, ''घर में चार-चार गाड़ियाँ हैं, कंजूसी तो देखो, पेट्रोल के दाम क्या बढ़े कि चल दी पैदल।''

तीसरी बोली, "अरे नहीं बहना, (दूसरी के कान के नजदीक आकर), लगता है आदमी से लड़कर आत्महत्या करने कहीं जा रही है।"

तब तक वह औरत उनके नजदीक आ पहुँची, उसे देखकर साथ में ही चल रही श्रुति ने उसे, 'हेलो आंटी!' कहकर उसका अभिवादन किया।

उस औरत के आगे बढ़कर जाने पर श्रुति की मम्मी ने उससे उस औरत के बारे में और अधिक जानना चाहा। थोड़ी नाराजगी के साथ श्रुति बोली, "माँ ये आंटी मेरे जिम में आती हैं, अपने फिगर को तथा स्वास्थ्य को लेकर यह बहुत सचेत है। अभी-अभी उनके बारे में आप लोगों ने बातें तो बहुत कीं पर आपने उनके पैरों के स्पोर्ट्स शूज नहीं देखे।

कितना अच्छा होता जब आप लोग भी गप्पें मारने की बजाय अपने फिटनेस पर ध्यान देतीं और यह कहकर वह चुप हो गई।

~ * * * ~

## ऐसा क्यूँ? दादी

आठ साल की आयुषी जब रोज सुबह दादी माँ को रामायण पढ़ते देखती तो उसे बड़ा आश्चर्य होता। जिज्ञासावश वह कभी माँ से तो कभी दादी से रोज एक ही पुस्तक को पढ़ने का कारण जानना चाहती। परंतु संतोषजनक उत्तर न मिलने के कारण उसका जिज्ञासु मन शांत नहीं हो पाता। वह अकसर इस विषय में परिवार के और लोगों से पूछा करती। कोई कहता रामायण पढ़ने से 'पुण्य' मिलता है तो कोई कहता कि 'पढ़ी जाती है।' दादीजी ने बताया, "जिस घर में रामायण पढ़ी जाती है वहाँ

पर सुख-शांति होती है।''

इतनी छोटी बच्ची पाप-पुण्य तो क्या समझती और न ही समझ पाती कि दादी एक ही किताब, वह भी बिना फोटोवाली, पढ़े-पढ़े ऊब न जाती होंगी? एक दिन गणित के कुछ सवालों को बार-बार समझाने के बावजूद जब वह हल नहीं कर पाई, तब उसके सिर पर एक चपत लगाकर गुस्साते हुए पिताजी बोले, ''पढ़ने में इतनी कमजोर हो, रोज सवाल हल करने का अभ्यास क्यों नहीं करती?'' झल्लाकर माँ भी बोली, ''परेशान हो गई हूँ मैं तो इसकी पढ़ाई के कारण।'' आज न जाने क्या सोचकर आयुशि की आँखें छलछला उठीं।

* * *

## बाईचांस

एक युवती बदहवास-सी पुलिस थाने की ओर भागी चली जा रही थी। न उसे तन का होश था और न ही मन का। उसके तेजी से लहराते हुए रंगीन दुपट्टे को देखकर कुत्ते भौंक रहे थे, कुछ लोग खींखीं कर रहे थे, कुछ रंजीदा किस्म के लोग आश्चर्यचकित होकर चिंतित निगाहों से अवाक् खड़े थे। हर किसी के मन में अलग-अलग सवाल उठ रहे थे। अब तक लड़की थाने की बाउंड्री को पार करके अंदर चली गई थी, ढेरों सवाल जवाब हुए और उसका डॉक्टरी मुआयना भी कराया गया।

तभी नारी मुक्ति मोरचे की स्त्रियाँ तेजी से उधर ही चली आ रही थीं।

जब लड़की डगमगाते कदमों से नजरें झुकाए बाहर की ओर आने लगी, तभी कोई बूढ़ा लाठी टेकता हुआ बाहर आया। अपनी भारी-भरकम आवाज में लगभग चिल्लाता हुआ बोला, ''जब तक नेतागिरी करनेवाली ये औरतें सड़कों पर 'हाय, हाय' के नारे लगाएँगी तब तक सड़कों पर यही सब होता रहेगा।'' तभी भीड़ में से कुछ लोग समवेत स्वरों में चिल्लाए—''अरे भाई साहब इसको तो इसके बाप ने ही बरबाद किया है, सच तो यह है कि इसका बाप, इसका बाप ही नहीं है।'' तभी एक और व्यक्ति जो बहुत देर से आँखें

गड़ाए उस लड़की के चिथड़ों के अंदर कुछ तलाश रहा था, बोला—"लगता है पूरा परिवार ही ऐसा है," और लड़की की कारूणिक चिंघाड़ तेजी से चारों तरफ फैल गई।"

तभी भीड़ से दुर्गा समान एक स्त्री प्रकट हुई, लड़की की तरफ से चिल्लाकर बोली, "लड़की क्या, औरत बना दिया है तुम सालों ने, पूछते क्यों नहीं इसका और इसके बच्चे का बाप कहाँ है?" उत्तेजित होकर कुछ व्यंग्य के साथ, होगा। यही कहीं, बाप बनना कौन बड़ी बात है! यह तो सब 'बाइचांस' होता चला जाता है। जाओ, अब जाकर कोठरी में इसकी माँ को तो देखो, जो अंतिम साँसें गिन रही है। आखिर माँ तो, माँ ही होती है न!

यह सुन अपनी बेबसी देख वह लड़की गश खाकर सामने पड़ी टेबल पर गिर जाती है।

~***~

## कैसे जानोगे?

टी.वी. पर किन्नरों का इंटरव्यू आ रहा था। प्रश्नकाल के दौरान प्रस्तोता ने जुगनू नाम के एक किन्नर से पूछा, "लोग आप लोगों से दूर क्यों भागते हैं?" बड़ी संजीदगी से भावनाओं में भरकर जुगनू बोला, "कभी नजदीक ही नहीं आने दिया तो कैसे जानोगे कि हम क्या हैं?"

~***~

## गेंद

दो विपरीत विचारधारा की औरतें मंदिर में अकसर मिल जाया करती थीं उनके बीच कभी-कभी हलकी-फुलकी बातचीत भी हो जाती थी। एक दिन पारिवारिक मसलों पर बात करते समय बात बहुओं पर आकर रुक गई।

रूढ़िवादी विचारधारा की पोषक महिला बोली, "जिंदगी को अगर

आराम तलबी से बिना कोई 'हाय-हाय', 'किच-किच' के जीना हो तो बहुओं को दबाकर रखने में ही भलाई है अन्यथा वे सिर पर चढ़ बैठती है।''

यह सुन आधुनिक ख्यालात की पढ़ी-लिखी महिला धीरे से मुसकराकर बोली, ''हमने तो सुना है गेंद जितनी कसकर जमीन पर फेंकी जाती है वह उतनी ही अधिक उछलती है। इसलिए आमतौर पर शायद प्यार और ममता की मूर्तियाँ ये लड़कियाँ ऐसी हरकतों के कारण भावनात्मक रूप से अधीन हो बिखरने लगती हैं फिर आप ही बताइए कि बिखरा व्यक्ति कैसे किसी घर को सँवार सकता है?''

यह कहकर वह तेज कदमों से आगे बढ़ गई।

***

## वह लड़का

वह लड़का पुलिस स्टेशन में खड़ा पुलिसवालों को बार-बार यह समझाने का प्रयास कर रहा था कि उसने लड़की को अश्लील मैसेज नहीं भेजे हैं, वह तो उस लड़की को प्यार करता है। उसके इस तर्क को लोकल चैनल पर देख मन में दुविधा की स्थिति भी बन रही थी। सोलह, सत्रह साल का लड़का क्या शील और क्या अश्लील जानता होगा?

वह बेतरतीब हुई अपनी कॉलर तथा बालों को पुलिसवालों से छुड़ाते हुए पूरी निडरता के साथ अपनी बात पर अडिग हो कहे जा रहा था, ''जब कृष्ण और राधा प्यार कर सकते हैं तो वह क्यों नहीं कर सकता? जब सारी फिल्में लवस्टोरी से भरी पड़ी हैं तो मैंने ऐसा क्या पाप कर दिया? मैं तो केवल अपनी भावना उस तक पहुँचा रहा था। प्यार से इतनी ही नफरत है तो 'वैलेंटाइन डे' क्यों मनाते हो? सुना है एक कामदेव भी था, एक धर्म गुरु तो यहाँ तक कहता था कि हम सब प्यार की संतानें हैं। फिर मैंने ऐसी क्या गलती कर दी जो आप सब मेरे पीछे पड़े हुए हैं।'' वह पूरे आत्मविश्वास से अपनी बात कहे जा रहा था। यह सब देख मैं यह सोचने पर मजबूर हो गई कि आखिर कौन समझाएगा इन्हें प्यार और छेड़छाड़ में अंतर करना? इसे

जवानी की भूल कहें या फिर लड़कपन उस समय मैं यह बात समझ नहीं पा रही थी।

~***~

## उसके वास्ते

थाने के आराम कक्ष में सुगठित शरीर, सुंदर आकर्षक चेहरेवाली आदिवासी युवती के मादक यौवन से खेलते हुए थानेदार ने नशे की मदहोशी में पूछा, "सुखियाँ, तेरे साथ पड़ोसी किसना के छेड़छाड़ करने और हाथ पकड़कर खीचने भर से तू इतना चीखी-चिल्लाई कि तेरा पति नींद से जाग गया, उसने जब किसना को तेरा हाथ पकड़कर खींचते हुए देखा तो होश खो बैठा। दराँता उठाकर ऐसा मारा कि किसना वही ढेर हो गया। है न? यही बात हुई थी न?" "जी साब।" "लेकिन अब मैं तेरे साथ…।" "तब इज्जत बचाने के लिए रोई थी।" फिर, उदास स्वर में धीमे से बोली, "अब सुहाग के लिए खामोश हूँ, साब।"

~***~

## जिज्ञासु

बातूनी—वह तो ठीक है ज्ञान प्रवर, गृहस्वामी या स्वामिनी का कमरा हो दक्षिण पश्चिम में। लेकिन सवाल यह उठता है कि गृहस्वामी को दिल की बीमारी है। उसके दिल की धड़कन बढ़ जाती है, रात-रात परेशानी के मारे नींद नहीं आती उसको। अधिक ऑक्सीजन की जरूरत है, इस दशा में दिशा पूर्वोत्तर रहे तो कैसे रहें?

वास्तुशास्त्री—बहुत बोलते हो तुम।

बातूनी—गोली पर गोली, इलाज पर इलाज, फिर भी मर्ज लाइलाज। ज्ञानप्रवर बताएँ क्या है इसका राज? दक्षिण सिर कर सोया, पूरब सिर कर सोया, दसों दिशाओं में सिर किया; फिर भी हुआ न इलाज, तनाव पर तनाव और अनिंद्रा, कैसे छूटे यह जंजाल?

विद्वानों की बैठक हुई। न निकला कोई हल, उत्तर दक्षिण की मैगनेटिक किरणें भी निकाल सकीं न कोई हल—जब बगल के कमरे से आएँ किसी के लंबे-लंबे खर्राटे, तब कैसे हो समाधान?

वास्तुशास्त्री—क्यों माथापच्ची करते हो श्रीमान?

ज्ञानप्रवर बोले—बड़े बातूनी हो तुम यार। हर बात को नाहक बढ़ाते हो, सोच-सोच हमको रूलाते हो! व्यापार तुम्हारा, व्यापार हमारा, फिर क्यों नाक घुसाते हो?

फिर भी एक जिज्ञासा शेष है—श्रीमान्, दक्षिण-पश्चिमी में रहता मेरा जवान बेटा जो है हम सबका लाड़-लड़ैता, कैसे उसे मनाऊँ, क्या उसको चढ़ाऊँ।

वास्तुशास्त्री—ज्यादा बोलना ठीक नहीं है श्रीमान्!

जिज्ञासु—एक समस्या और है महोदय! दक्षिण-पश्चिम के कमरे से लगा है मेरा टॉयलेट, लेटूँ तो तब, जब आए न वहाँ से बदबू, ऐसे में हे ज्ञानप्रवर! सुझाएँ कोई युक्ति, मिले जिससे मुक्ति।

वास्तुशास्त्री—अधिक बक-बक करते हो, बात को लेंदी करते हो; ऐसे मेहमानों से तो राम ही बचाए। तर्क-वितर्क करते हो? विद्वान् तुम हो या मैं?

जिज्ञासु—किंतु गुरुवर मेरा दोस्त हाशिम, ऐसे टोटकों को मानता नहीं फिर भी वह है मालामाल, बताएँ क्या है इसका राज?

वास्तुशास्त्री—वह होगा भाग्यशाली, किसी के लिए क्या बताऊँ? पहले लाओ फीस तब वहाँ जाऊँ?

इसका मतलब गुरुप्रवर अब समझ में आया 'भाग्य ने वास्तु बनाया'।

~***~

## चलो, चला जाए

लड़के की माँ—"क्या नाम है बेटा तुम्हारा"? निगाहें नीचे झुकाए, सिकुड़ी सी सोफे पर बैठी नेहा बोली, "जी, जी नेहा।" कुछ सिमटकर पास आती बड़ी बहन बिन्नों बोली, "तीन साल पहले बी.एड. खत्म किया है।"

"अब क्या कर रही हो?" "कॉलेज में टीचिंग के लिए एप्लाई किया है, साथ ही साथ हिस्ट्री में पी-एच.डी. भी करना चाहूँगी।"

लड़के की माँ—"पर हमारे यहाँ यह सब नहीं चलेगा।" निरीह नजरों से नेहा भाभी की ओर देखती है।

तभी लड़के की छोटी बहन पूछ बैठती है, "आपकी हॉबीज क्या हैं?"—"जी म्यूजिक, डांस और जूडो कराटे।"

कराटे का नाम सुन तीनों औरतें सिमटकर पास आ जाती हैं। कराटे! कराटे भी जानती है और तीनों औरतें उठकर चल देती हैं।

~ * * * ~

## अपना-अपना आकाश

"ऐ! बड़े मजे से हवाई जहाज की कुरसी की बैक पर चढ़ी तू इतनी ऊपर से जहाज के बाहर इतनी देर से क्या देख रही है?" चींटे ने चींटी से पूछा। फिर से हवाई जहाज के बाहर झाँकते हुए वह बोली, "कुछ नहीं, अरे कुछ भी तो नहीं"। "बता, बता न, चींटे ने बड़े प्यार से आग्रह कर चींटी से जानना चाहा। चींटे को भी अपने पास बुलाकर चींटी ने बाहर का नजारा दिखाते हुए उससे कहा, "यह देख, गणेश विसर्जन के लिए जाते हुए ये लोग इतनी ऊँचाई से हमारी तरह छोटे-छोटे से दिखाई नहीं पड़ रहे हैं? फिर भी कितना अभिमान है इस प्राणी को अपने आप पर, क्या यह मनुष्य अपने से बड़ा किसी प्राणी को कभी समझ सकता है? मैं, तू, तेरे-मेरे, जाति

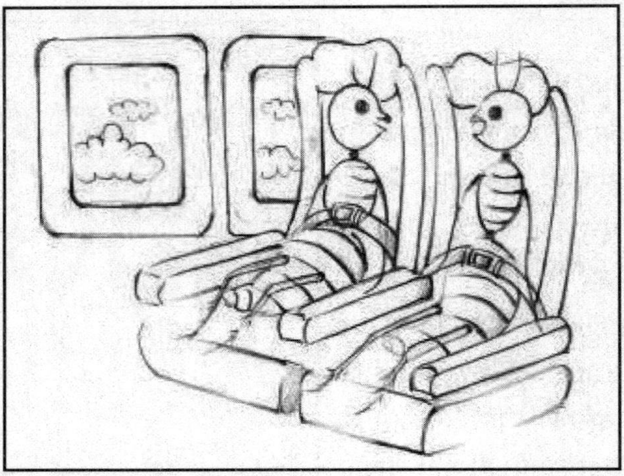

द्वेष से बँधा यह प्राणी कैसे इतना महान् होने का दंभ भर सकता है? अहंकार में डूबा यह खुद भी मरता है और दूसरों को भी मारता है।''

''चींटी रानी तू है तो इत्ती सी पर बातें करती है बड़ी-बड़ी।''

''इसमें बड़े-छोटे की क्या बात है? जो सच है मैं तो वही कहती हूँ। मुझसे बेकार किसी की चापलूसी नहीं की जाती है, एक तू है कि जहाँ गुड़ पाया वहीं चिपट जाता है।''

मैडम चींटी को कुछ गंभीर देख यात्रा का मजा किरकिरा न हो जाए इस बात का ध्यान रखते हुए अपने पुरुषोचित गुण के हिसाब से चापलूसी करते हुए चींटा बोला, '''गुड़' नहीं, 'गुण' कहो चींटी रानी 'गुण'। (कुछ मजाकिया लहजे में)—तुम्हारा यह रूप यह गुण यह मेहनत करने की आदत, यह ज्ञान, आत्म-अनुशासन, ये अदाएँ भला किसको न बना देंगी तेरा दीवाना?'' आत्मप्रशंसा से अभिभूत चींटी रानी चहककर आगे बोली, ''मैं न कहती थी, कभी-कभी ये मनुष्य हमारे जैसे तुच्छ और कभी हम उनके जैसे प्रतीत होते हैं?''

यह मनुष्य है जो अपने ही जैसे—भगवान् को गढ़कर कितना खुश होता है। समझ में यह नहीं आता है कि भगवान् ने मनुष्य बनाया है या फिर मनुष्य ने भगवान्? सच तो यह है कि इनकी तरह हमारी बिरादरी में अपने ही अपनों से दूर नहीं हैं।

''माना कि तू ठीक कहती है पर खुद से बराबरी कर नाहक क्यों जली-मरी जा रही है। ज्यादा जलेगी तो इनसान की मौत मारी जाएगी।'' चींटे ने समझाना चाहा। पलटकर बड़े आत्मविश्वास के साथ चींटी बोली, ''मैं क्यूँ

जलूँ? यह जलन यह अहंकार तो मनुष्यों के लिए काफी है। मुझे मेरा और उन्हें उनका कद मुबारक हो—सॉरी मैं खुद से ही खुश हूँ, उनका वे जानें।''

चींटे ने फिर चुटकी लेते हुए कहा, ''ऐसा नहीं लगता रानी, ये सब बातें करके तू खुद भी अपने आपको बड़ा समझती है।'' ''समझती नहीं हूँ, चींटी हाथी को भी मार सकती है और यह कहकर वह मुँह फुलाकर बैठ जाती है।''

इस प्रकार कुछ समय के लिए वातावरण में शांति पसर गई। मेरा मतलब कुछ-कुछ अशांति।

इतने में टी.वी. पर आतंकवादियों द्वारा मारे गए लोगों से संबंधित खबरों को देखकर चींटी जोर से चिल्लाई, ''इतने बड़े लोग इतने छोटे काम?'' यह बात और कि लोगों के कानों तक उसकी आवाज न पहुँची।

~ * * * ~

# चिड़ीमार

दादी दस साल के आयुष्मान को तरह-तरह की कहानियाँ सुनाया करती थी। बच्चे को शेखचिल्ली की कहानियाँ बहुत पसंद थीं, इसलिए आज वह पूरी-की-पूरी कहानी एक ही बार में सुन लेना चाहता था—दादी सुना रही थी, कैसे शेखचिल्ली को बुखार हुआ कैसे डॉक्टर ने उसे 'खिचड़ी' खाने की हिदायत दी, लेकिन वह खिचड़ी का नाम भूलकर रास्ते में 'खाचिड़ी-खाचिड़ी रटता जा रहा था। किसान ने, जिसका खेत चिड़िया खाए जा रही थी, उसे 'खाचिड़ी' कहने पर डाँट लगाई और हिदायत

दी कि आज के बाद वह केवल 'उड़चिड़ी' ही कहेगा। शेखचिल्ली खिचड़ी नाम भूल कर 'उड़चिड़ी-उड़चिड़ी' याद करता रास्ते में चला जा रहा था, एक बहेलिया उसे देख डंडा लेकर उसके पीछे दौड़ा। घुड़ककर बोला "तू चाहता है कि चिड़ियाँ उड़ जाएँ और मेरा जाल खाली रह जाए, खबरदार जो आज के बाद तूने 'फँसचिड़ी' के अलावा एक भी शब्द कहा तो।" डर के मारे उसने 'फँसचिड़ी-फँसचिड़ी' कहना आरंभ कर दिया। आयुष्मान कल्पनाओं का सहारा लेते हुए बड़े चाव से कहानी सुन रहा था। कहानी 'चिड़ियाफँस' पर जाकर रुक जाती है। पर वह चिड़ियाफँसवाली बात से संतुष्ट न था, अतः वह पास काम करती माँ से चिड़ियाफँस का कारण जानना चाहता है। दादी ने अपने तरीके से चिड़ियाफँस पर जाकर कहानी समाप्त कर दी असल में आयुष्मान माँ से चिड़ियाफँस का वह मतलब जानना चाहता था जो उसके दादाजी पिछले हफ्ते उसके पापा को समझा रहे थे। अंत में माँ को आयुष्मान को आज के परिप्रेक्ष्य में चिड़ियाफँस का मतलब समझाना ही पड़ा। माँ बोली, "तुम्हारे वास्तुशास्त्री दादाजी तुम्हारे आर्किटेक्ट पापा को उस दिन कहना चाह रहे थे कि बेटा कुछ लोग वास्तुशास्त्र पर भरोसा करते हैं, लेकिन व्यावहारिकता के पैमाने पर खरा न उतरने के कारण कुछ लोग वास्तुशास्त्र पर भरोसा नहीं करते। ऐसे क्लाईंटों को चतुर बहेलिए के समान फाँसकर तुम्हें उन्हें मेरी झोली में डालना है, जिससे अपने घर का भी चुग्गापानी आसानी से चलता रहे।" छोटे से बच्चे को बात ठीक से समझ में नहीं आ रही थी। वह बस विस्मृत नजरों से घर में उपस्थित सभी लोगों को देखते हुए कहानी में छुपे रहस्य को समझने का प्रयास कर रहा था।

~***~

## इज्जत की दुकान

सर्वेश और शौर्या का रिश्ता तय हो गया था। आपस में लेन-देन और रीति-रिवाज की बातें चल रही थीं। चर्चा के दौरान लड़के का बड़ा भाई बोला, "जी लेन-देन से कोई बड़ा-छोटा नहीं बन जाता, हम तो समाज में

इज्जत के लिए आपसे बारात की खातिरदारी अच्छी तरह से करने के लिए कह रहे हैं।

हैसियत से अधिक इज्जत सँभालने का दबाव महसूस करते हुए बेटी के बाप को कुछ बोलने की स्थति में न पाकर बिरादरी के एक बुजुर्ग व्यंग्यात्मक मुसकराहट ले उठ खड़े हुए और बोले, ''लगता है आपकी इज्जत की दुकान में माल की सप्लाई काफी कम है तभी तो आपको फेरी लगाने की जरूरत महसूस हो रही है।''

हिम्मत बटोर कर बेटी का बाप बोला, ''अब समझ में आया आप लोगों की नाक कितनी बड़ी है? जिसको सँभालने के लिए आपको इतनी मेहनत करनी पड़ रही है।'' कहना न होगा, लड़की ने भी बाप की इज्जत की खातिर रिश्ता तोड़ने का फैसला ले लिया।

~***~

## दुःख किस बात का?

एक औरत हमेशा हँसती-मुसकराती दिखाई देती थी। लोगों को आश्चर्य होता कि दुनिया में इतने सारे सुख-दुःख के होते हुए भी यह महिला कैसे खिलखिलाया करती है, जबकि हम तो ढंग से मुसकरा भी नहीं पाते हैं।

किटी पार्टी में यह बात चर्चा का विषय बनी। कुछ ने कहा—हसबैंड केयरिंग है। तो दूसरी महिला ने कहा—पैसा है, रुतबा है तो खुश तो रहेगी ही। जारा बोली, ''माशाल्लाह रूप भी तो खूब दिया है अल्लाहताला ने इसे, फिर क्यों न इतराए।'' एक और सहेली बोली—कमी क्या है इसकी जिंदगी में? हर तरफ खुशबू ही खुशबू समाई है। जब कई लोगों ने अपने विचार रख दिए तो सभा में आई एक महिला मनोचिकित्सक से उन्होंने इस विषय पर अपने विचार रखने को कहा, डॉ. बोली, ''बहुत कुछ पा जाने के बाद इनसान को बहुत कुछ खोने का डर भी सताने लगता है। अतः मैं आप लोगों की बातों से पूरी तरह से सहमत नहीं हूँ। जरूर इसकी खुशी का राज इसके विचारों में छिपा होगा।''

सहेलियों ने सहजता के साथ सकुचाते हुए उस महिला से उसकी खुशी का कारण जानना चाहा। उसने कहा, ''हमारी यह सारी कहानी रिश्तों से शुरू

होकर रिश्तों तक ही खत्म हो जाती है। ये रिश्ते चाहे खून के हों या दोस्ती के या फिर पड़ोस के। अगर रिश्ते अच्छे हैं तो जिंदगी अच्छे से कट जाएगी, रिश्ते खराब होंगे तो दुनिया से जाने का भय न सताएगा। हम हँसते हुए इस दुनिया से विदा ले लेंगे, तब दुःख किस बात का?'' यह कहकर बड़े आत्मविश्वास के साथ मुसकराती हुई वह वहाँ से चल दी।

~***~

## मैं भूल गया

एक नास्तिक को पूजा-पाठी लोगों का रोज-रोज पूजा-पाठ-प्रवचन में जाना ठीक नहीं लगता था।

कोई नहीं जानता था कि उसके मन में क्या चलता है। एक दिन जब उसके मित्र ने उसे कीर्तन का आनंद लेने के लिए मंदिर में चलने को कहा तो वह बोला, ''क्या मन में आनंद नहीं जो बाहर जाकर ढूँढ़ूँ। फिर धीमे से बोला, ''लगता है मंदिर जानेवालों की मेमोरी इतनी वीक है कि जो पाठ बचपन से पढ़ते आए हैं वे आज भी याद नहीं हो पाया है। तभी तो बार-बार पाठ को सुनने जाते हैं।'' मित्र को नास्तिक की बात ठीक लगी और वह पत्नी के साथ मंदिर नहीं गया।

अगली दफा घर पर जब पत्नी ने हनुमान मंदिर चलने को कहा तो वह वहाँ तक चलने को राजी हो गया। पत्नी ने कटाक्ष किया, ''मेरे आगे मेरी-सी, तेरे आगे तेरी-सी।'' पति ने जवाब दिया नहीं ऐसी बात नहीं है सुप्रभा, सच तो यह है कि अच्छी बातें इनसान जल्दी भूल जाता है। इसीलिए आज फिर मैं तुम्हारे साथ मंदिर चल रहा हूँ।''

~***~

## वैल्यूज

अकसर सुकृति और मेरे बीच सामाजिक मुद्दों को लेकर बहस छिड़ जाती थी और चाय की प्यालियों के साथ आज फिर मॉरल वैल्यूज को

लेकर वैचारिक द्वंद्व छिड़ गया। मॉरल वैल्यूज पर दिए मेरे हर विचार को सुकृति फटाफट काटे जा रही थी।

मुझे समझ में नहीं आ रहा था कि बचपन में हमें ऊँचे मॉरल वैल्यूज में क्यों पाला जाता है? जबकि अनीति का बोल-बाला हर तरफ है। काफी तर्क-वितर्क के बाद भी हम दोनों एक दूसरे के विचारों से सहमत नहीं हो पा रहे थे।

तर्कों के दौरान सुकृति ने कहा, "अच्छा, इच्छा यह तो बता तुम्हारी सबसे बड़ी ताकत क्या है?" जवाब में मैंने कहा, "मेरी शिक्षा और संस्कार"। एक उद्योगपति की ताकत?"

"उसका धन, बुद्धि और साथ काम करनेवाले उसके मजदूर।"

"एक छोटे बच्चे की ताकत?"

"बच्चे की माँ।"

"परंतु एक बिना पढ़े-लिखे, पिछड़े समाज की ताकत है 'झूठ-फरेब'। तब फिर वह अपनी ताकत कैसे छोड़ सकता है? अतः अच्छा होगा कि इन गरीबों को अशिक्षा के दलदल से निकालकर समाज को एक नया आयाम दें, अन्यथा इनसे मॉरल वैल्यूज की आशा कर या तो हम खुद अवसादग्रस्त हो जाएँगे अथवा साधनहीन इन प्राणियों के अंदर अगर नैतिकता आ गई तो ये खुद अवसादग्रस्त हो उठेंगे।"

अबकी दफा सुकृति की बात का मैं कोई समुचित जवाब न दे सकी।

~***~

## वह चुप हो गई

माँ अपने सत्रह साल के बेटे चुनमुन के साथ डॉमिनोज पीजा शॉप जाती है। दो सौ बीस का बिल देखकर माँ ने जल्दी से पर्स से सौ का एक नोट तथा दस-दस के तेरह नोट निकालकर प्लेट में रख दिए। वेटर बिना धन्यवाद दिए पीठ घुमाए जल्दी से नोट गिनता हुआ कैश काउंटर की ओर बढ़ गया। यह देख माँ को अच्छा नहीं लगा। उसने बेटे से कहा, "देखो मैंने

टिप के लिए सोचकर इसे दस रुपए ज्यादा दिए थे। रुपए ज्यादा हैं यह तो इसे बताना चाहिए था, बिना कुछ कहे यह रुपए लेकर भाग गया।

बेटे ने कहा, "यह बताइए इस समय आपके पर्स में कितने रुपए हैं ?" सच तो यह है कि खुद आपको भी नहीं मालूम। जबकि दस रुपए पाकर यह लड़का आज कितना खुश होगा ? आपने उसके चेहरे की खुशी और चाल की रंगत नहीं देखी। और माँ चुप हो गई।

~ ✻ ✻ ✻ ~

## कहानी नाक की

यार एक बात बताओ यह छोटी नाकवाले बड़ी नाक लेकर क्यों चलते हैं ?

अमाँ मियाँ ! इतना भी नहीं जानते—जो चीज जितनी छोटी होती है उसको सँभालने की उतनी ही अधिक जरूरत महसूस होती है।

~ ✻ ✻ ✻ ~

## जान कि पहचान?

दुनिया भर के अनेक लोगों के समान उस व्यक्ति को भी यह गर्व था कि इस दुनिया में उसे जाननेवाले बहुत से लोग हैं। वैसे वह था भी बहुत प्रसिद्ध व्यक्ति। इसी तरह सोचते-सोचते उसने जीवन का मध्यकाल पार कर लिया।

एक बार उसका सामना एक दार्शनिक से हुई। अपने यश और कीर्ति का गुणगान करते हुए उसने फिर यही बात दोहराई, "दुनिया में बहुत से ऐसे लोग हैं जो मुझे जानते हैं।"

कुछ देर की बातचीत के बाद दार्शनिक बोला, "जो कुछ तुम कह रहे हो, कुछ हद तक ही सच है, पूरा नहीं।" यह सुन वह व्यक्ति चौंका। उसे लगा कि न जाने कितने ही लोग मुझे जानते हैं, मेरा सम्मान करते हैं, फिर भी यह व्यक्ति मेरी बात पर भरोसा क्यों नहीं कर रहा है? दार्शनिक ने बात आगे बढ़ाते हुए कहा, "वास्तव में लोग तुम्हें पहचानते हैं न कि तुम्हें जानते हैं। जब व्यक्ति खुद को ही नहीं जानता तो दूसरों को क्या जानेगा?"

~***~

## नारी सशक्तीकरण के मायने

खुले पार्क में नारी सशक्तीकरण पर विचार विनिमय चल रहा था, प्रत्येक व्यक्ति इस सिलसिले में अपने-अपने हिसाब से आँकड़े पेश करता तथा साथ ही स्त्रियों की बेहतरी के लिए सुझाव देता जाता।

अबकी बार जब सवाल-जवाब ऑडिएंस की तरफ से किए गए तो एक स्त्री सभा के बीच में से उठकर तेजी से बोली, "पहले सार्वजनिक स्थलों पर स्त्रियों के लिए 'मूत्रालय' तो बन जाए, इसके बाद ही ये सब बातें अच्छी लगती हैं।" सभा में सन्नाटा छा गया, क्योंकि आस-पास में कोई पेशाबघर न होने के कारण बहुत देर से वह पेशाब दबाए बैठी थी और अब तक उसका धैर्य जवाब दे चुका था।

~***~

## क्या किया जाए?

"दिल्ली? क्या कहा दिल्ली की लड़की, न, न दिल्ली की लड़की न चलेगी।

"भला ऐसा क्यों जीजी?" विभा ने जानना चाहा। "असल बात

यह है कि हमारे छोटे शहर में उसके लिए 'नौकरी के अवसर' बहुत कम हैं। दिल्ली के खुले माहौल में पली-बढ़ी लड़की यहाँ पर कैसे रह पाएगी?"

प्रत्युत्तर में विभा ने मटकते हुए कहा, "जीजी तुम्हारे घर में पैसे की क्या कमी, जहाँ पैसा दिखेगा कॅरियर-वैरियर सब भूल जाएगी।"

यह सुनकर उसकी चचेरी बहन बोली, "इस आधार पर तो मैं यह रिश्ता बिलकुल भी न करूँगी।" यह कहकर वह वहाँ से हट गई। और लोग समझे कि लड़केवालों के नखरे बड़े हैं।

~✻✻✻~

## प्रश्नचिह्न

एकेडमी का फॉर्म भरने के सिलसिले में पिता/पति के नाम के सामने विवरण देते हुए मजाक के मूड में लतिका बोली पिता या पति? संयोजक ने मजाक में ही जवाब दिया शादीशुदा हो तो पति अन्यथा पिता से काम चलेगा। पास बैठा उसका पंद्रह वर्षीय बेटा विनय बोल पड़ा, "पति का क्या करना? पिता ही सही है।" अपनी तरफ लोगों की प्रश्नवाचक दृष्टि देख वह बोला, "पति तो आज के समय में बदल जाते हैं। इसीलिए तो आज कल 'पैन कार्ड' में केवल पिता का नाम ही मान्य है।"

वहशी बाप तथा बदचलन माँ से संबंधित अखबार में पढ़ी कुछ खबरों का ध्यान कर मन-ही-मन लतिका बोली, "पिता का भी क्या पता? क्या केवल खुद की पहचान काफी नहीं है।" पर अब की बार वह यह बात बोल न सकी।

~✻✻✻~

## देवरानी-जेठानी

बचपन में जब माँ गणेशजी का संकट चौथ का व्रत रखती तो अकसर ही वह मुझसे अमीर किंतु नकचढ़ी जेठानी तथा गरीब लेकिन सीधी सादी देवरानी की कहानी पूजा की किताब से सुना करती, जिसमें देवरानी की सहजता

और भक्ति को देखकर गणेशजी उसे मालामाल कर देते हैं, जबकि धन की लालची जेठानी के घर में प्रभु दीर्घशंका कर हर तरफ दरिद्रता फैला देते हैं। खैर, यह तो हुई कल की बात। कल से याद आया,कल ही मेरा मुहल्ले के एक संयुक्त परिवार में जाना हुआ। यों तो दोनों बहुएँ बाहर से शांत दिखाई दे रही थीं, लेकिन न जाने क्यों मुझे लग रहा था कि बड़ी बहू खुद का हक समझ बात-बात पर छोटी को उलाहने देती रहती है। एक दिन मैंने बड़ी को किसी बात पर छोटी को ताना देते सुना, "तुम्हारे मैके में ससुराल वालों को सोना-चाँदी तथा महँगे सामान देने वाला एक भी रिवाज नहीं होता, तुम्हारे यहाँ यह भी नहीं होता, तुम्हारे वहाँ वह भी नहीं होता, तुम्हारे यहाँ ससुराल वालों को देने वाला कोई भी तो रिवाज नहीं होता। कुछ झुँझलाकर—आखिर देते क्या हैं?" छोटी बोली, "बड़ों को सम्मान और छोटों को जीने के अधिकार।" सब ओर सन्नाटा पसर गया। क्योंकि एक ही वाक्य में उसने बहुत बड़ी बात जो कह दी थी।

~ ✻ ✻ ✻ ~

## असल बात यह है कि

चार जवान लड़के कॉलेज कैंटीन में बैठे बातें कर रहे थे कि लड़का लड़की के बाप से हमेशा उसकी बेटी का हाथ ही क्यों माँगता है।

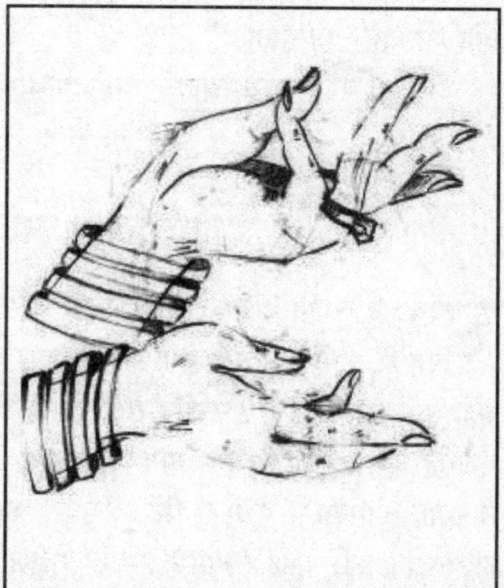

पहला बोला, "हाथों में ही तो भाग्य-रेखा होती है।"

तभी दूसरा बोला, "गृहलक्ष्मी हाथों से ही तो घर-गृहस्थी सँभालती है।

थोड़े मजाक भरे लहजे में तीसरा बोला, "वेतन और

हाथों का तो चोली-दामन का साथ है।'' यह सुन चौथा तपाक से बोला, ''असल बात यह है यारो कि हाथों में ही तो सोने के कड़े, हीरे की चूड़ियाँ तथा अँगूठियाँ होती हैं।'' यह सुन सभी दोस्त ठहाका लगाकर हँस पड़े।

~***~

## जीरो प्यार

माँ, माँ! आप मुझे कितना प्यार करती हैं? आज तन्वी को माँ पर कुछ ज्यादा ही लाड़ आ रहा था। माँ ने भी उसे चिढ़ाने के लिए जवाब दिया 'जीरो'।

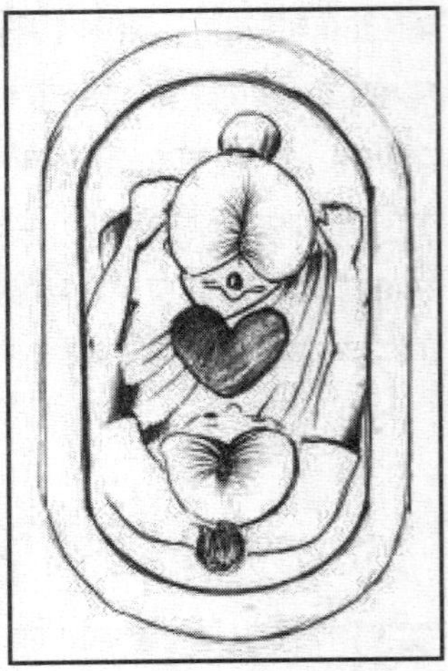

माँ सोच रही थी उसका यह जवाब पाकर बिटिया रानी शांत हो जाएगी पर यह क्या, वह तो अपनी दोनों बाँहों का घेरा बना बड़ी कसकर माँ से लिपटकर खुशी के मारे जोर से चिल्लाई, ''अरे वाह! आप तो मुझे अंतहीन प्यार करती हैं, क्योंकि जीरो का तो कोई अंत ही नहीं होता।''

माँ भी बेटी का समझदारी भरा जवाब सुन बिना कुछ बोले मुसकरा दी।

~***~

## आधुनिक सावित्री

सत्यवान के पीछे आती सावित्री को यमराज बार-बार पीछे मुड़कर देख रहे थे, उन्हें आश्चर्य हुआ कि इस बार वह पति की प्राण रक्षा की गुहार क्यों नहीं लगा रही है? उन्होंने सावित्री के चेहरे को पढ़ने का प्रयास किया, पर यह क्या वह तो विजयी भाव लिये आगे बढ़ती ही जा रही थी। उनसे रहा न गया, आखिकार पूछ ही बैठे, ''पुत्री! क्या बात है, तुम्हें अपने पति का जीवनदान नहीं चाहिए क्या? तुम तो मुझसे कुछ भी निवेदन नहीं कर रही

हो।'' इस बार मैं अपने पति की प्राण रक्षा नहीं चाहती महाराज। ''फिर मेरे पीछे आने का तुम्हारा प्रयोजन क्या है?'' इसलिए कि कहीं पिछले सात जन्मों के समान आप इन्हें फिर से मेरा पति न बना दें। ''तो क्या इस बार तुम किसी और को अपने पति के रूप में अंगीकार करना चाहती हो।'' नहीं महाराज, नहीं। ''तो फिर क्या चाहती हो?'' अगले जन्म में मैं कुँवारी ही रहना चाहती हूँ। ''वह किसलिए?''

अनजान न बनें महाराज, आज का विवाहित-पुरुष अपने पति-धर्म का पालन नहीं करता, लेकिन पत्नी मेरे जैसी सती सावित्री चाहता है, इसलिए अगले जन्म में मैं अपनी सभी बहनों के हित के लिए कुँवारी रह कर उदाहरण पेश करना चाहती हूँ। इस प्रकार आज से मैं लोगों के बीच 'आधुनिक सावित्री' कहलाना अधिक पसंद करूँगी।

~***~

## ऐसा भी होता है

''बेटे की शादी करनी है? आपको तो बहुत पैसा चाहता होगा? कम-से-कम कितने में बात बन जाएगी।'' एक ही साँस में वे महाशय बोले जा रहे थे। बेटे का बाप भला क्या उत्तर देता? मन-ही-मन सोच रहा था—'आखिर समधी अपने स्तर का ही अच्छा होता है अन्यथा लड़की का हमारे घर में। करने Adjustment कैसे अच्छा होगा फिर मेरा घर-परिवार, व्यापार तथा सामाजिक प्रतिष्ठा भी तो लाखों में एक है। फिर शादी के लंबे खर्च भी तो मिल-जुलकर ही पूरे होते हैं। सबसे बड़ी बात है कि इस सिलसिले में मैंने कभी किसी के सामने ऐसी कोई शर्त नहीं रखी, फिर ये महाशय ऐसे क्यूँ बोल रहे हैं। पर, अगले छह महीनों में ही यह बात जोरों से फैल गई कि लड़केवालों को दहेज में पैसा बहुत चाहिए। इस हल्ले-गुल्ले में 'प्रतिष्ठा' की बात दबकर रह गई। समझ में नहीं आता कि आदमी पैसों से दोस्ती चाहता है या कि दुश्मनी?

~***~

## दो लाइनें

एक विचित्र तरह की पेंटिंग प्रतियोगिता का आयोजन उत्तर प्रदेश ललित कला अकादमी के तत्त्वावधान में किया गया, जिसका सीधा प्रसारण दूरदर्शन के माध्यम से किया जा रहा था। 'कौन बनेगा करोड़पति' की तर्ज पर 'कौन बनेगा प्रदेश का सर्वश्रेष्ठ फाइन आर्टिस्ट' प्रोग्राम का सेमीफाइनल राउंड चल रहा था। मुकाबला काफी कठिन था। फाइनल राउंड के लिए कुल दस विजेता बचे थे, जिनमें से सर्वश्रेष्ठ का चयन होना बाकी था। इन दस प्रतिभागियों में से सर्वश्रेष्ठ का चुनाव जजों के लिए एक बड़ी चुनौती थी। अंत में उन्हें एक आइडिया आया। मोनालिसा की रहस्यमयी मुसकानवाली दस पेंटिंग मँगवाकर एक आर्टगैलरी में टाँगी गई। साथ ही प्रत्येक पेंटिंग के नीचे 5.18 इंच का एक प्लेन पेपर चिपका दिया गया। प्रत्येक कलाकार को पेंटिंग के संबंध में अपने विचार प्रकट करने के लिए आमंत्रित किया गया। लगभग सभी आर्टिस्टों ने अपनी समझदारी का परिचय देने के लिए अपनी-अपनी विवेचनाएँ लिखीं, हर तरफ ज्ञान का भंडार दिखाई दे रहा था। प्रत्येक कलाकार स्वयं को समीक्षक की दृष्टि से पूर्णतः समृद्ध पा रहे थे, किंतु एक पेंटर ने केवल दो लाइनें लिखकर पूरा पेपर खाली छोड़ दिया। पर यह क्या, सर्वश्रेष्ठ आर्टिस्ट का अवॉर्ड उसी की झोली में गया। लिखा था, "बिना स्वयं को पूर्णतः सिद्ध किए, मैं दूसरों की समीक्षा करने में असमर्थ हूँ।" इस प्रकार कलाकार की सहजता तथा सरलता ने सभी जजों को उसका मुरीद बना दिया।

~***~

## गरीब आदमी और शोषक

"साहब, मैं गरीब आदमी हूँ। दिन भर काम करने की दिहाड़ी चार सौ रुपए बनती है, चाहे जो हो जाए आज दिहाड़ी पूरी ही लेकर जाऊँगा, कुछ गिड़गिड़ाने और कुछ डराने के लहजे में छुन्नू मिस्त्री सॉफ्टवेयर इंजीनियर रवीश से बोला। कुछ दबाव के लहजे में रवीश बोला, "काम के

पैसे चाहिए कि बेगार के? जाओ पहले बचा हुआ काम निपटाओ फिर पैसे की बात करना।'' यह कहकर रवीश घर के अंदर जाने लगा। यह देख छुन्नू और रवीश के बीच चिक-चिक होने लगी। रवीश बोला, ''तुमने काम ही कितना किया है? ढंग से पाँच घंटे भी तो काम नहीं करते हो। एक दिन का काम दो दिन में निपटाते हो और पैसे चाहिए पूरे? हमारे बचपन में कारीगर नौ-नौ दस-दस घंटे जुटकर काम करते थे।'' ''तभी तो उनका शोषण होता था साहब।'' कारीगर चिल्लाया और रवीश को लेबर कोर्ट तक ले जाने की धमकी देने लगा। उधर घर के अंदर मालिक भुनभुना रहा था, ''हम साले पढ़-लिखकर दिन-रात कंपनी के लिए जान दिए रहते हैं, न ढंग से घर देख पाते हैं और न ही बीवी, बच्चे और न ही माँ-बाप। दिन भर बस गधों के जैसे लगे रहते हैं और इन लाट साहब को चार घंटे काम के 400 रुपए चाहिए?'' थोड़ी देर बाद ही बाहर से कारीगर की पैसे देने की मनुहार सुन, मालिक फिर से भुनभुनाया, ''साले इन्हीं लक्षणों के कारण ही तो तुम गरीब हो; हम क्या करें।'' और फिर चुपचाप पैसे देकर दरवाजे बंद कर लिये।

~***~

## ऐब

नम्रता ने तय कर रखा था कि वह अपने बेटे की शादी में दहेज नहीं लेगी। उसने अपने विचार अपने सहेलियों को बताए। सहेलियों के बीच उसकी बड़ी प्रशंसा हुई। आहिस्ता-आहिस्ता यह खबर उसके पास-पड़ोसवालों को लगी। वे भी नम्रता तथा उसके परिवारवालों की तारीफ करते नहीं अघा रहे थे। हर तरफ अपनी तारीफ सुन वह फूली नहीं समाती थी, लेकिन एक दिन शादी करवानेवाले दलाल को कहते सुना, ''शादी में पहले दहेज फिर लड़के, लड़की की बात की जाती है। भला लड़केवाला घर आई लक्ष्मी को क्यों पैरों से ठोकर मारेगा, जरूर अंदर-अंदर लड़के या उसके परिवारवालों में कोई ऐब होगा।'' उस दिन से उसने शादी में दहेज लेने या न लेने की बात न करना ही मुनासिब समझा।

~***~

## शो केस की आइसक्रीम

अपनी बदन-उघाड़ू अदाओं के लिए बदनाम एक उभरती हुई हीरोइन का इंटरव्यू टेलीविजन पर आ रहा था। रिपोर्टर, "मैडम, लोग आपको सेक्सी कहते हैं। इस बारे में आपका का क्या कहना है।" हीरोइन, "बिलकुल, मैं सेक्सी हूँ और ताउम्र ऐसी ही रहूँगी। अगर मैं सेक्सी नहीं होती तब आप मुझे क्या कहते? यही न 'बोर', तो बोर से तो मैं सेक्सी ठीक हूँ।" रिपोर्टर, "और यह जो आपके अंग-प्रदर्शन को लेकर रोज बवाल खड़ा होता है? उसके बारे में आप क्या कहना चाहेंगी?" हीरोइन, "बताइए एक तरफ बार+नाइट क्लब हो और दूसरी तरफ पोस्टमार्टम हाउस। as a human being आप कहाँ जाना पसंद करेंगे? यही बात प्रिंट मीडिया के लिए है। आप लोग सड़ी-गली लाशों तथा मरे लोगों की फोटो छापकर लाखों रुपए का पेपर नष्ट करते हैं जिन्हें पाठक देखना भी नहीं चाहता। इसकी जगह अगर एक सुंदर औरत का शरीर दिखाई दे जाए जिसे लगभग सभी मर्द छुप-छुपकर रात के वक्त टी.वी तथा लैपटॉप पर देखना चाहते हैं, के छपने पर हाय-तौबा मचा देते हैं। आइस्क्रीम शो केस में ही तो रखी है उसे कोई कुत्ता तो नहीं चाट रहा।" उसका यह जवाब सुन बोल्डनेस वाली बात भूल रिपोर्टर बगले झाँकने लगा।

~ * * * ~

## कॉन्टेक्ट? सॉरी

बातों के सिलसिले में दिव्या अपनी सखी मानसी को बता रही थी कि कल करवा चौथ के अवसर पर चाची सास उसे आशीष के साथ सात जन्मों तक साथ निभाने का आशीर्वाद दे रही थीं। दिव्या की घरेलू परेशानियों की राजदार उसकी प्रिय सखी भावुक होने की जगह व्यंग्यात्मक तरीके से ठहाका मारकर हँसते हुए बोली, "शराबी, बेरोजगार, आशिक मिजाज पति एक जन्म में तो झेले नहीं जाते। दिमाग खराब है तेरा जो बिना किसी कॉण्टेक्ट के सात जन्मों तक उसे झेले।" उसकी हाँ में हाँ मिलाते हुए दिव्या बोली, "अच्छा होता चाचीजी अपने बेटे को आशीर्वाद देतीं कि वह सारी बुरी आदतें

छोड़ एकनिष्ठ हो मेरा तथा बच्चों का ध्यान बेहतर तरीके से रखे। जिससे मैं जन्म-जन्मातर तक आशीष को ही पति के रूप में पाने की चाहत रख पाती।''

~***~

## एड्स देवता

आज बाजार से लौटने में नेहा को देरी हो गई, अतः वह तेज कदमों से अपने घर की तरफ जा रही थी। अचानक उसे लगा कि कुछ लोग उसका पीछा कर रहे हैं। जब नेहा को पूरा यकीन हो गया कि वे लोग उसी का पीछा कर रहे हैं, तो वह अपने बचाव का उपाय सोचने लगी। अचानक तीन लड़कों ने आकर उसे घेर लिया। एक पल को तो वह घबरा गई, लेकिन उसने हिम्मत नहीं छोड़ी। लड़कों की नीयत खराब थी। वे उसकी इज्जत लूटना चाहते थे। उनका इरादा जान बड़ी निडरता के साथ वह बोली, ''देखिए, पहले मैं हाई सोसाइटी की कॉलगर्ल थी, लेकिन जब से मुझे एड्स हुआ है तब से यह सब छूट गया है, फिर भी आप सब चाहते हैं तो...'' नेहा के इतना कहते ही तीनों लड़के वहाँ से तेजी से भाग खड़े हुए।

~***~

## नींबू निचुड़ गया

प्राइवेट नौकरी के कारण विजय अपनी कमाई से पत्नी शुभि का तथा अपनी पॉकेट मनी का काम मुश्किल से चला पा रहा था। हालाँकि, उसके पास रहने के लिए पुश्तैनी मकान था तथा घरेलू खर्चों के लिए पिताजी की सरकारी नौकरी थी, इसलिए गुजारा ठीक-ठाक चल रहा था। सास-ससुर की उदारता देख शुभि का मन उनके लिए श्रद्धा से भर उठता। खुश होकर वह भी घर के सारे कार्य बिना किसी गिले-शिकवे के बड़ी तन्मयता से करती, परंतु एक दिन रिश्तों के दूध में खटाई पड़ गई जब उसके पैर ससुरजी के कमरे से आती आवाज सुनकर ठहर गए। ससुरजी सासजी को समझा रहे थे, "खर्चों को लेकर ज्यादा चिंता मत किया करो। देखो, बहू के ऊपर हम जितना खर्च करते हैं, उससे ज्यादा तो वह घर का काम कर देती है। अगर नौकरानी रखते तो वह रोज काम छोड़कर भागने की धमकी देती। बहू तो यहाँ इतनी मगन है कि भागकर जाएगी तो जाएगी कहाँ?" यह सुनते ही शुभि की आँखों से अनायास आँसू झरने लगे और रिश्तों में नींबू निचुड़ गया।

***

## क्या दिमाग है!

बड़े भइया ने देवाशीष से पूछा, "बाबूजी की दूसरी पुण्यतिथि से संबंधित खबर समाचार-पत्र में छापने के लिए एड एजेंसी में बात हुई या नहीं?" पर भइया, दूसरी पुण्यतिथि का समाचार अखबार में देने का क्या औचित्य बनता है? भइया ने छोटे को समझाते हुए कहा, "पुण्यतिथि के बहाने जहाँ एक ओर फिर से हम सभी पिताजी के प्रति श्रद्धावनत हो सकेंगे, वहीं इस बहाने हमारा सामाजिक कद भी बढ़ेगा। साथ ही हम अपने प्रतिष्ठान 'सूर्या पंप' का प्रचार डिस्काउंटेड रेट में कर सकेंगे। है कि नहीं? आम के आम गुठलियों के दाम।" अब तो छोटा भाई भी बड़े भाई के दिमाग का खेल देख गद्गद हो उठा।

***

## 'यत्र नार्यस्तु पूज्यन्ते'

एक आदर्शवादी और एक व्यावहारिक व्यक्ति आपस में टकरा गए। समाज में स्त्री अधिकारों को लेकर चर्चा चल उठी। आदर्शवादी व्यक्ति का कहना था कि हमारे समाज में युगों-युगों से स्त्री का सम्मान होता आया है। स्त्री ही दुर्गा है, स्त्री ही काली है, स्त्री तो साक्षात् शक्ति का प्रतीक है। हमारे धर्मग्रंथों में तो यहाँ तक कहा गया है, 'यत्र नारी पूज्यन्ते, रमन्ते तत्र देवता।'

यह सुन व्यावहारिक व्यक्ति व्यंग्यात्मक मुसकराहट लिये सामने की ओर खड़ी झोंपड़पट्टी की ओर मुखातिब होकर बोला, "यह है न हमारी चौकेवाली शांतिबाई, जिसका शराबी और निठल्ला पति रोज कभी हाथों से तो कभी डंडों से उसे पूजता है। क्या वहाँ पर भी देवताओं का वास होता है?" यह कहकर वह वहाँ से खिसक गया।

~***~

## हिसाब-किताब

उस दिन एक शादी में मेरा जाना हुआ। वहाँ पर शादी करवाने वाले दलाल को देख—जवान होती एक बेटी का बाप आकर खड़ा हो गया। शायद वह बेटी के लिए रिश्ते की बात करना चाह रहा था। मैंने उसे धीरे-धीरे कहते सुना, "पंडितजी, शादी में लगाने की जो बात है, कुछ भी लगाया जा सकता है, पर आदमी अपनी जेब देखकर ही लगाता है। वैसे तो मेरा बजट 20-25 लाख से ज्यादा का नहीं है। हाँ, कोई मोटे असामी का इकलौता लड़का, जिसका अपना भी अलग काम हो तो दस-बीस लाख और भी लगाए जा सकते हैं।"

उसकी यह बात सुन हक्की-बक्की हो मैं यह सोचने पर मजबूर हो रही थी कि आम आदमी हिसाब-किताब में कितना पक्का हो गया है। उसकी इस चालाकी पर कभी मैं मुसकराती तो कभी मुझे उस पर दया आ जाती।

~***~

## संगठन की शक्ति

एक गोष्ठी में प्रसिद्ध व्यंग्यकार मिस्टरदास से एक रिपोर्टर ने पूछा, "सर आपकी निगाह में संगठन की शक्ति क्या है?"

व्यंग्य भरी मुसकराहट लिये वे बोले, "तीन लड़के मिलकर जब एक लड़की के साथ बलात्कार कर उसकी फोटोग्राफी करके उसे इंटरनेट पर डाउनलोड करते हैं तो यह संगठन की शक्ति का सबसे प्रभावशाली उदाहरण है।"

यह जवाब सुन, हतप्रभ हो रिपोर्टर गहरी सोच में डूब गया।

***

## विडंबना

सास और बहू के बीच बस इतना-सा वैचारिक अंतर होता है। सास कहती है कि मैं अपना बच्चा सँभालूँ और तू अपना बच्चा सँभाल। जबकि बहू चाहती है कि मैं तेरा और तू मेरा बच्चा सँभाल। इस बात में जब दोनों के बीच तू-तू, मैं-मैं बढ़ जाती है तो खुद को सरेंडर करने के अंदाज में सास, बहू को उसके दोनों बच्चे सौंप देती है, परंतु उसका कमाऊपूत उसी के पास रह जाता है।

अधिक तंग होने पर बहू फिर से दोनों बच्चे सास को सौंपकर, बिना कुछ कहे-सुने, मैके रूपी वानप्रस्थ आश्रम में विचरण करने के लिए चली जाती है।

जो कुछ सास चाहती थी, फिर से सबकुछ उसे मिल जाता है। वही राजपाट, वही घर-द्वार, वही बेटा, वही बाल-बच्चे, वही बोलने और खर्च करने की आजादी। पर आजादी पाकर भी सास के मन में कुछ बेचैनियाँ हैं। उधर बहू भी आजादी की उड़ान पाकर न जाने क्यों उड़ नहीं पा रही है।

***

# पैतृक संपत्ति

भाईदूज के अवसर पर बहन भाई से बोली, ''ये रुपए तो पुरानी बात हो गई है। अबकी दफा तो मैं पैतृक संपत्ति में हिस्सा लूँगी।''

भाई गहरी सोच में डूब गया। अगली दफा, रक्षाबंधन पर बहन को दफा करने के लिए वह अमरनाथ की यात्रा कर रहा था।

~***~

# माँ

नासा में अमेरिकन-भारतीय वैज्ञानिक से किसी अमेरिकन दोस्त ने जानना चाहा, ''क्या कारण है कि दुनिया भर का सारा टैलेंट आप भारतीयों में समाया हुआ है।

बड़े गर्व के साथ वैज्ञानिक बोला, ''हमारे पास ऐसी माँएँ हैं जो अपने बच्चों के हित के लिए अपना सर्वस्व लुटा देती हैं।'' यह कहकर वह पूर्व दिशा की ओर नत-मस्तक हो गया।

~***~

# वाह गरीबी !

एक हाई सोसाइटी की लड़की से स्कूल में 'गरीब परिवार' पर निबंध लिखने को कहा गया। उसने निबंध लिखा—एक गरीब परिवार में मम्मी-पापा, भाइ-बहन सब गरीब थे। घर में चार नौकर (कुछ पार्ट टाइम, कुछ फुल टाइमवाले) थे। वे सब गरीब थे। कहने को घर में बी.एम.डब्ल्यू. कार थी, पर थी सेकेंड हैंड। गरीबी के मारे वे कार में ड्राइवर भी नहीं रख पाते। हेल्थ का बहाना बना घर में जेनरेटर की जगह इनवर्टर से काम चलाते। घर की औरतों को नौकरों की मदद से खाना खुद बनाना पड़ता, क्योंकि शायद

चौबीस घंटों का महाराज रखना उनके वश की बात नहीं थी। बच्चों के पास पुराने मोबाइल तथा लैपटॉप थे। खर्चे के डर से वे नाइट क्लब नहीं जाते थे। रेस्तराँ में भी हफ्ते में मुश्किल से एक दिन भी नहीं जा पाते थे। औरतों और उनकी शॉपिंग भी अकसर लोकल ही होती, क्योंकि वे महँगे ब्रांड के कपड़े नहीं खरीद सकते थे। कहने को तो हर कमरे में ए.सी. थे पर उनमें से ज्यादातर पुराने हो चले थे। उनकी जिंदगी का ज्यादा वक्त घर-गृहस्थी तथा रिश्ते-नातेदारी में ही बीत रहा था, अतः वे जिंदगी में हमारी तरह ऐश नहीं कर पा रहे थे। सचमुच महसूस होता है कि गरीबी कितना बड़ा अभिशाप है!

~***~

## मुआवजे की रकम

"अब क्या होगा? बाबूजी तो डॉक्टर के पास गए हैं। शहर में दंगा शुरू हो गया है। लोग भागते-दौड़ते—जान बचाते फिर रहे हैं।" सुलभा ने चिंतित स्वर में अपने पति राहुल से कहा। "हाँ सुलभा मुझे भी उनकी बड़ी चिंता हो रही है, ईश्वर करे वे जल्दी से घर वापस आ जाएँ। धार्मिक जुलूस निकल रहा था, देखते ही देखते दंगा शुरू हो गया। यदि ऐसा पता होता तो बाबूजी को दंगे में मैं अकेले डॉक्टर के पास जाने न देता। दंगे में बाबूजी को कुछ हो गया तो।" अनिष्ट की आशंका से राहुल काँप उठा। तभी एक रिक्शा रुका और बाबूजी घबराए से घर में घुसे। उन्हें देखते ही बेटे-बहू ने राहत की साँस ली और भगवान् को धन्यवाद दिया। लेकिन यह क्या, दो घंटे बाद ही बाबूजी की तबीयत खराब हुई और वे चल बसे। उधर दंगे के बढ़ने की आशंका को देखते हुए शहर में चारों तरफ कर्फ्यू लग चुका था। हिंसा, आगजनी तथा लूटपाट की घटनाएँ बढ़ रही थीं। अनेक बाजारों तथा दुकानों को दंगाइयों ने जला डाला था। पंद्रह दिनों बाद कर्फ्यू हटा। दंगे में मरनेवाले 30 लोगों के घर-परिवार वालों को दो-दो लाख रुपए मुआवजे के रूप में दिए गए। समाचार-पत्र पढ़ते हुए राहुल बोला, "सुलभा देखो भगवान् ने भी हमारे साथ कैसा बुरा किया।" "क्यों क्या हो गया?" सुलभा ने जानना

चाहा। "बाबूजी को तो मरना ही था ती दंगे में ही मर जाते। कम-से-कम मुआवजे की रकम हमें भी मिल जाती। खैर जैसी उसकी मरजी," कह ऊपर की ओर देख एक बड़ी सी साँस ले वह आगे का अखबार पढ़ने लगा।

~***~

## एक विचित्र सवाल

एक गणितज्ञ को देर तक हिसाब-किताब में उलझा देख उनके मित्र वैज्ञानिक दत्ता उनके पास आ खड़े हुए। उन्होंने गणितज्ञ से उसकी उलझन का कारण जानना चाहा, गणितज्ञ ने कहा, "कलयुग पाँच हजार साल का, द्वापर दस हजार साल का त्रेता बीस हजार साल का और सतयुग लगभग बीस हजार सालों का—इस प्रकार लगभग पचपन हजार सालों तक न जाने कितने प्राणी धरती पर जन्मे और मर गए। हर एक से कुछ-न-कुछ कम-ज्यादा पाप हुए, इस हिसाब से तो जैसा कि धर्मपुराणों में वर्णित है सृष्टि की रचना से लेकर आज तक नरकलोक से पृथ्वी ग्रह तक कितनी लंबी लाइन लग जानी चाहिए?" गणितज्ञ की बात का अभिप्राय समझ उसमें छुपे विचारों की गहराई को जान वैज्ञानिक दत्ता मुसकरा दिए।

~***~

## चाहे कुछ लिख दो!

एक पैथोलॉजी के बाहर बोर्ड लगा था—'लिंग परीक्षण कराना दंडनीय अपराध है।' अकस्मात मेरा ध्यान फिल्म के उस परदे पर चला गया जहाँ 'ध्रूमपान निषेध है' लिखा हुआ आता है और क्या हीरो, क्या दर्शक दनादन सिगरेट की कश-पर-कश लगाए जाते हैं। मन में एक प्रश्नचिह्न उठा—इतनी बड़ी समस्या के समाधान के लिए क्या इतना-सा लिख देना काफी है। तभी मेरा ध्यान टूटा और मैं पैथोलॉजी के सामने बाहर बने 'ओपेन स्काई' पेशाब घर में दो लोगों को लघुशंका करते देखती हूँ, जबकि ऊपर की ओर बड़े-बड़े अक्षरों में लिखा था—'देखो गधा मूत रहा है।'

यह देख मेरे अविश्वास पर मुहर लग गई और मुझे इन पैथोलॉजीवालों की विश्वसनीयता पर शक हो चला।

~***~

## क्या बात है !

क्लब की कार्यकारणी की मीटिंग चल रही थी, प्रस्ताव आया कि इस बार होली के अवसर पर केवल कवयित्री सम्मेलन करवाया जाए। कुछ लोगों ने प्रस्ताव को नकारते हुए कहा कि फिर कवि कहाँ जाएँगे? एक बोला, ''यह मर्दों के साथ अन्याय है।'' पास खड़ी कवयित्री हँसी और फिर बोली, ''इतनी सी बात में अन्याय? इसका मतलब तो यह हुआ कि आप लोगों ने अनजाने ही स्वीकार लिया है कि युगों-युगों से हम स्त्रियों के साथ दोगला व्यवहार होता आया है।'' उसकी यह बात सुन सभा में सन्नाटा छा गया।

~***~

## भाभी जाप

स्त्रियों के हितार्थ सम्मेलन चल रहा था। एक वक्ता ने कहा, ''समाज में बड़ी तेजी से मूल्यों में गिरावट आ रही है, क्यों नहीं माँ तथा बहनों की पदवी से औरत को अलंकृत करनेवाला हमारा यह समाज हर औरत में केवल 'भाभी' तलाशा है। ऑडिनेंस ऑडियंस में से आवाज आई—''माँ की पदवी तुम्हें न सुहाए, बहना बनाना हमें न भाए, रह गई केवल 'भाभी-भाभी' राम-नाम जस हम उसे गाएँ।'' यह सुन सभा में हँसी का फव्वारा फूट पड़ा।

~***~

## अंगूर खट्टे हैं

एक मध्यमवर्गी कॉलोनी के किसी साधारण से मकान के दरवाजे पर शाम को पानी भरने के लिए बैठी औरतें आपस में बात कर रही थीं—''अरी

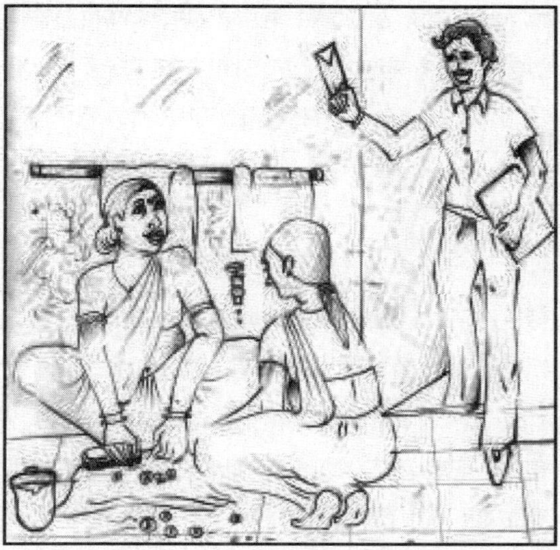

बहना, जो सुख गरीब की ईमानदारी की रोटी में है वह सुख अमीर आदमियों के पास कहाँ?'' दूसरी ने हाँ में हाँ मिलाते हुए कहा, ''हाँ ठीक कहती हो। मोटर-बँगला सब होता है इनके पास, पर सारे दिन डॉक्टरों की जेब भरा करते हैं।'' पहली औरत ''ढंग से इनको हँसना-खिलखिलाना तक तो आता नहीं। कपड़े भले रोज नए-नए पहन लें।'' दूसरी औरत—''असल बात यह है बहना; भगवान् ने इनको इतना सब दे दिया है कि वे उन सभी विलासिता की चीजें देख-देख कर घबरा जाते हैं। इन्हें तो खुशी तभी मिलती है जब उनके हाथ दुनिया की कोई अजूबी चीज लग जाए। अजूबी चीज भी भला क्या हुई?''

इतने में, खुशी के मारे लगभग उछलता हुआ बेटा अनिरुद्ध नौकरी की नियुक्ति का लेटर हाथ में लिये यह बताने के लिए बाहर आया कि उसकी नौकरी मल्टी नेशनल कंपनी में लग गई है। यह सुन प्राइवेट जॉबवाले परिवारों से ताल्लुक रखनेवाली वे दोनों स्त्रियाँ खुशी के मारे उछल पड़ीं।

~***~

## खेलने-खाने के दिन

सगाई वाले दिन होनेवाले दूल्हेजी को छेड़ते हुए साले-सालियाँ बोलीं, ''जीजाजी आज से आपके खेलने-खाने के दिन गए, क्योंकि आज से आपके कंधों पर हमारी जीजी की नई जिम्मेदारी आ गई है।'' यह सुन बगल

में खड़ा दूल्हे का दोस्त शरारत भरी मुसकान लिये बोला, ''सही पूछो तो इसके खेलने-खाने के दिन अभी शुरू हुए हैं।''

यह जवाब सुन सालियाँ झेंपकर वहाँ से भाग गईं।

~***~

## मुसकराहटें

''मन दर्पण में देख-देखकर, अब मुझको मुसकाना है।'' गुनगुनाते हुए वह लड़की अपने तन-मन के घावों को लिये आहिस्ता से पास पड़े सोफे पर जा बैठी। इंटरव्यू तो मैं क्या लेती उसका। लगभग पूरे चेहरे से जली तेजाब कांड की उस पीड़िता का आत्मविश्वास देख मैं चमत्कृत हुए जा रही थी। सकुचाते हुए कुछ आश्चर्य मिश्रित शब्दों में बातों के दौरान मैंने उससे पूछा, ''बड़ा बुरा लगा होगा जब शीशे में अपनी छवि तलाशी होगी।'' तपाक से वह बोली, ''न रूप रहा न शीशा, सारे शीशे तोड़ डाले हैं मैंने—अब तो मन दर्पण में ही कुछ मुसकराहटें अकुला रही हैं।''

~***~

## स्वाँग

शादी के बाद से ही अकसर पत्नी के सिर में दर्द हो जाया करता था। ससुरालवालों ने कई डॉक्टरों को दिखाया, पर स्थायी रूप से सिरदर्द का इलाज न हो पाया। पति भी आए दिन झुँझलाहट में रहने लगा। उस दिन पत्नी के सिरदर्द की बात से परेशान पति गुस्से में चिल्ला उठा, ''हर समय माथे पर पट्टी बाँध सिरदर्द का बहाना कर, क्या स्वाँग रचाया करती हो?'' आज पति द्वारा कहे गए 'स्वाँग' शब्द से खुद को अपमानित महसूस करते हुए तथा सिरदर्द से तिलमिलाती, लगभग चीखती हुई सी पत्नी बोली, ''ससुराल में सबकी खुशी के लिए आज तक बहुरूपिए के समान नित नया 'स्वाँग' ही तो करती आई हूँ। वास्तव में मैं जो हूँ वह तुम सब स्वीकार नहीं कर पाते और जो मैं नहीं हूँ वही तुम सब मुझमें पाना चाहते हो। तुम सब मेरा इलाज दवाइयों में ढूँढ़ते हो, जबकि

कोई यह नहीं समझना चाहता कि मैं वास्तव में क्या हूँ, क्या मेरे शौक हैं, मैं क्या करना चाहती हूँ और तो और तुम भी नहीं। बस वही सुबह, दोपहर, शाम घर की चक्की में पिस-पिस कर चोकर बन गई हूँ।'' तेजी से टपकते हुए आँसुओं को हाथों से पोंछते हुए वह बोली। ठीक कहा तुमने व्यक्तित्व का नित्य नया लबादा ओढ़े शादी के बाद से मैं 'स्वाँग' ही तो करती आई हूँ।

~***~

## और वे शांत हो गए

बड़े लोगों की सभा में बड़ी-बड़ी बातें चल रही थीं। सब कोई अपने द्वारा किए गए महान् कार्यों का बखान कर रहे थे। कुछ लोग दूसरे लोगों की भी प्रशंसा कर रहे थे। वे सब समझ रहे थे कि वे सब इतने महान् हैं कि आम आदमी जो केवल रोजी-रोटी के लिए ही जीता है उन लोगों के सामने अति तुच्छ है। वे सभी अहंकारवश जब इस तरह की चर्चा कर रहे थे तभी अंदर से एक आवाज आई, ''पर इन सभी महान् कार्यों के पीछे प्रेरणा तो इन आम लोगों से आती है।'' और वे लोग शांत हो गए।

~***~

## इट्स वेरी कॉमन

सुदर्शन सिंह हैरान हो फटी आँखों से भाई को देखे जा रहे थे। उन्हें विश्वास ही नहीं हो पा रहा था यह क्या कह दिया बीरू ने! वे स्वयं से सवाल कर उठे, क्या यह वही भाई है जो कभी मेरी हर सही-गलत बात को आँख बंद करके स्वीकार लेता, वाकई वह कभी सुदर्शन का बीरू नहीं राम का लक्ष्मण हुआ करता था, फिर संवेदनाओं में आकंठ डूबने वाले मेरे इस भाई की संवेदना की गागर आज क्यों न छलकी? जरूर सब इसकी बीवी का किया-धरा है। एक तो मैं अपने दोनों बेटों के आपसी बँटवारे के झंझटों में फँसा हूँ, ऊपर से यह मुझे ऐसी बड़ी बात कह गया...मन-ही-मन कुड़कुड़ाए...,
''सुख के सब साथी...क्या यह वही भाई है, जिसको मैंने कभी अंगुली

पकड़कर चलना सिखाया, व्यापार में आगे बढ़ने के गुण सिखाए? आज वही कह रहा है—'इट्स वेरी कॉमन।'

असल में उम्र के साथ सुदर्शन सिंह की याददाश्त भी कमजोर हो चली थी। वे भूल गए थे कि कुछ सालों पहले किस प्रकार अपनी महानता का वास्ता देते हुए उन्होंने अपने हक में जमीन-जायजाद का गलत बँटवारा किया था; वही इतिहास के पन्ने वक्त के हाथों पलटकर आज उनसे हिसाब माँग रहे थे।

~***~

## मूर्ख

जीवन में कभी-कभी इनसान दो—राहों पर खड़ा असमंजस की स्थिति में सोच नहीं पाता है कि इधर जाऊँ या उधर जाऊँ। ऐसा ही कुछ समय पहले उसके साथ घटा। एक तरफ इतने बड़े अंतरराष्ट्रीय क्लब की चेयरमैनशिप और दूसरी तरफ साहित्य सृजन का 'अनन्त आकाश'! जिस आकाश की ऊँचाई को मापने के लिए उसे पता ही न था कि उसके पास कल्पनाओं की अपार ऊर्जा है भी या नहीं। किंकर्तव्यविमूढ़-सा वह कई दिनों तक अनिश्चिंतता की स्थिति में रहा।

एक तरफ ग्लैमर और ख्याति, रोज अखबारों में छपना, रोज मीडिया से मुखातिब होना और दूसरी तरफ कंकड़-पत्थरों से भरी साहित्य की असमतल भूमि को पार कर 'आकाश दुर्ग' को छूने की अनजान चाहत। वह सोचता रहा, सोचता रहा, अंत में उसने दुर्गम रास्ते पर चलने का निर्णय ले लिया। क्योंकि उसे मालूम था कि इन कंकड़ों से बिंधे पैरों को देख यदि एक भी पथिक ने चलना सीख लिया तो उसका जीवन सार्थक हो जाएगा।

~***~

## इनको चमकना बाकी है।

"मयंक इधर आओ जरा!" कड़क आवाज में मिसेज चौधरी ने मयंक को अपने पास बुलाया। सहमा हुआ मयंक आँखें नीचे गड़ाए यंत्रवत्

टीचर के पास आता है।

तेज आवाज में मिसेज चौधरी ने निर्देश दिया, ''ऐसे नहीं! मैथ्स की कॉपी साथ लेकर आओ।''

डरता हुआ मयंक गणित की कॉपी लेकर टीचर के पास जाता है। डर के मारे उसके होंठ सूखे जा रहे थे और पैर इस तरह से लड़खड़ा रहे थे मानो दो दिनों से खाना ही न खाया हो।

कॉपी के पिछले कई पन्ने पलटते हुए मिसेज चौधरी ने कसकर एक चाँटा मयंक के गाल पर जड़ दिया और गुस्से में आँख तरेरकर बोली, ''यह सब क्या है? कॉपी में हर जगह कटा-पिटा है, एक भी काम तुमसे ढंग से नहीं होता।''

तभी इंटरवल (मध्यावकाश) की घंटी बजती है और सभी बच्चे दौड़कर अपना-अपना टिफिन लेकर मैदान की ओर भागते हैं।

इतने में क्लास में क्राफ्ट टीचर मिसेज रस्तोगी आती हैं और मयंक को टीचर के पास खड़े देखकर बोलीं, ''अरे, मयंक तुम यहाँ?'' मिसेज चौधरी नाराजगी से उनसे बोलीं, ''माँ-बाप अपना पिंड छुड़ाकर अपने बच्चे स्कूल भेज देते हैं और समझते हैं कि उनका कर्तव्य पूरा हो गया।''

अब तक मिसेज रस्तोगी की सहानुभूति पाकर मयंक सिसकने लगा था। मिसेज रस्तोगी, ''क्या बात है मिसेज चौधरी आज आप कुछ अधिक नाराज दिख रही हैं?''

मयंक की कॉपी के पिछले कई पन्ने पलटते हुए—''यह देखिए यह है इनका कान। होमवर्क ये नहीं करेंगे और जवाब हमको देना पड़ता है।''

मिसेज रस्तोगी, ''जरा पता तो कीजिए क्या बात है?'' मिसेज रस्तोगी को देखते हुए मिसेज चौधरी बोलीं, ''कहते हैं जनाब; पेंटिंग बना रहे थे तो फिर तुम्हारा होमवर्क कौन करेगा?'' गुस्से से मयंक की ओर देखते हुए, ''और इससे पहले क्या हो गया था?'' डर के मारे मयंक की जान निकली जा रही थी—तभी टीचर की निगाह कॉपी के अंतिम पन्ने पर पड़ती है—यह क्या?

''माँ मुझे अपने आँचल में छिपा ले''

''गले से लगा ले कि और मेरा कोई नहीं। अब न सताऊँगा मुझे पास

बुला ले, गले से लगा ले कि और मेरा कोई नहीं।'' गौर से गीत को पढ़ते हुए। ''दिमाग तो सारा इन सब में लगा रहता है तो पढ़ाई क्या करोगे?''

मयंक की आँखें डबडबा जाती हैं तभी क्रॉफ्ट टीचर इशारे से उसे अपनी सीट पर बैठ जाने को कहती हैं। मयंक के सिर पर प्यार से हाथ रखती हैं और मयंक डेस्क पर सिर रखकर फूट-फूटकर रोने लगता है। कुछ क्षण बाद, देखें, ''तुमने कौन सी तसवीर बनाई है?'' मयंक काँपते हाथों से ड्राइंग कॉपी में खिंची तसवीर मिसेज रस्तोगी को दिखाता है। ''अरे, यह तो तुम्हारी माँ है 'वेरी गुड'।''

हर बार की तरह इस बार भी मैं कल 'मदर्स डे' पर उनको यह तोहफा देना चाहता हूँ।

''पर बेटा रोज-रोज होमवर्क न करना अच्छी बात नहीं है, तुम क्यों होमवर्क नहीं करते?'' जी, सिर में दर्द रहता है? मिसेज चौधरी गुस्से में, ''वैरी कॉमन थिंक्स।'' मिसेज रस्तोगी—''मम्मी को बताया?'' मयंक— ''नहीं'' मिसेज रस्तोगी—''क्यों?''

मयंक—''पिछले कुछ दिनों से माँ को हिस्टीरिया के दौरे पड़ रहे हैं।'' यह कहकर मयंक उदास हो जाता है। यह बात सुन रही मिसेज चौधरी अनजाने ही बार-बार अपने दाहिने हाथ की मुट्ठी को कसकर खोलती और बंद करती हुई, ''अच्छा क्या तुम रस्तोगी मैम के क्रॉफ्टरूम में बैठकर अपना होमवर्क कंप्लीट कर सकते हो?'' मयंक—''यस मैम।''

~ *** ~

## ऐसा क्यों

माँ! यह लखनऊ वाली मौसी लाल तंबाकू के मंजन से हर समय अपने दाँत क्यों माँजा करती है? और यह बनारस वाली बुआ पचपन साल की उम्र में भी हर समय शीशे में मुँह क्यों झाँका करती हैं? माँ के पास मिन्नी की बातों का कोई जवाब न था, कभी-कभी बुद्धि पर जोर देकर कहती, शायद बुआ कुछ सोचा करती है, उस नन्ही बच्ची को माँ के गरम मूड से भी वास्ता

पड़ जाता था, पर मिन्नी थी बड़ी बेचैन। संस्कारों की मारी माँ शायद जानते हुए भी अपनी बच्ची को वक्त से पहले जवान बनाना नहीं चाहती थी, बोली जाओ, जाकर कुछ ढंग के काम करो। दुनिया के सबसे अनुशासित पापा बोले, "फालतू बोलने में क्या धरा है, छोटी मुँह बड़ी बातें शोभा नहीं देतीं।" एक दिन पापा से नजर चुरा कर मिन्नी फिर पूछ बैठी, "माँ! तुम तो कहती थी कि ज्यादा बोलना गंदी बात है, पर पड़ोस की नीलू आंटी तो जब बोलना शुरू करती हैं तो रुकतीं ही नहीं।" माँ ने टालने के लिहाज से कहा, "वह भी तेरी तरह बचपन में बहुत बोलती होंगी, इसीलिए कैंची सी जबान चला करती है।" कुछ सोचकर मिन्नी बोली, "पर माँ! तुम तो दादी के लिए कभी कुछ बुरा नहीं बोलतीं फिर दादी मेरे ही सामने तुम्हें क्यूँ बुरा-भला कहती हैं?" उस अबोध बच्ची के कुछ पूरे कुछ अधूरे प्रश्न वहीं के वहीं रह गए।

समय बीतता गया मिन्नी समझदार होती गई। एक समय वह भी आया जब उसने स्वयं ही अपने प्रश्नों के उत्तर तलाश लिये, वह समझ चुकी थी कि इन सभी प्रश्नों का उत्तर एक ही था और वह था—असुरक्षा की भावना से उपजी उन लोगों की 'कुंठा'।

~ *** ~

# भटकती आत्मा

एक कवि-साहित्यकार रामगोपाल वर्मा की हॉरर मूवी देखकर मल्टीप्लेक्स से बाहर निकल रहा था, तभी उसे सामने से आता अपना दोस्त विष्णुकांत दिखाई दिया। विष्णुकांत ने उससे फिल्म के बारे में जानना चाहा—"सुना है मूवी बड़ी डरावनी है, उसमें आत्मा को बड़े ही डरावने अंदाज में फिल्माया गया है। डर तो गए होगे यार!"

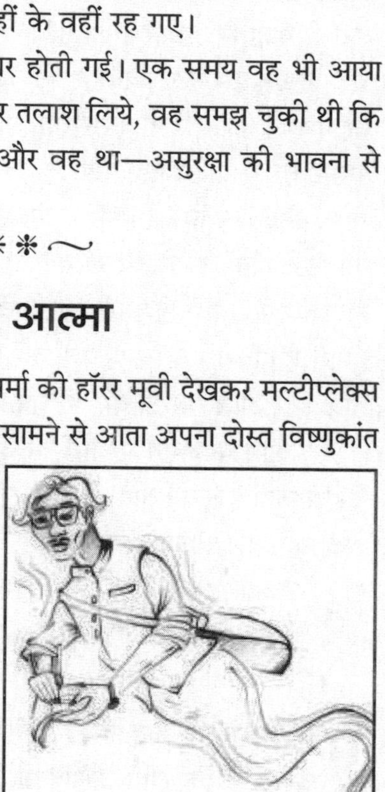

साहित्यकार हँसा, "आत्मा, यह आत्मा हमें क्या डराएगी, नए-नए विषयों को तलाशते, संपादकों,

आयोजकों तथा प्रकाशकों के चक्कर लगाते और फिर पाठकों को तलाशते हम तो खुद ही एक 'भटकती आत्मा' बन गए हैं।''

~***~

## अब नहीं चल सकता

रविवार के दिन सुरेखा 'रिश्ते-नाते' प्रोग्राम सबके साथ बैठकर टी.वी. पर देख रही थी। प्रोग्राम में सास-बहू के रिश्ते किस प्रकार और अधिक स्वस्थ बनाए जा सकते हैं—इस विषय पर चिंतन चल रहा था। तभी वक्ताओं में से एक बोला, ''यदि ससुराल आई लड़की ससुराल को अपना घर समझ ले तो घर-घर की लड़ाई मिट जाए।'' वक्ता के एकतरफा विचार सुन वह वहाँ से तेजी से उठकर चली गई।

उसके इस रूखे व्यवहार को देखकर पति बोला, ''यह क्या तरीका है? घर में रहने का।'' पलटकर सुरेखा बोली, ''अपना सबकुछ त्यागकर इसलिए तुम्हारे घर में कदम नहीं रखा था कि न यह घर और न ही वह घर मेरा हो सके। आए दिन तुम्हारे मम्मी-पापा मुझे उलाहना देते रहते हैं कि हमारे घर में यह नहीं होता, हमारे घर में वह नहीं होता, तुम्हारे घर में यह रिवाज होता होगा। कभी-कभी तो छोटी-छोटी चीजों के लिए भी कह देते हैं—यह चीज हमारी है। विरोध करने पर चिढ़कर कहते हैं क्या अपने बाप के घर से लाई थी? और आज यह टी.वी. भी बकवास करने लगा।

''काम के समय पर तेरा घर और कर्तव्य के नाम पर यह पूरा घर मेरा है। पर जहाँ हक की बात आती है, पूरा घर उनका हो जाता है। यह दोगलापन अब नहीं चल सकता।''

~***~

## सर्जक

एक उभरते हुए गीतकार ने एक प्रसिद्ध गीतकार से जानना चाहा कि क्या कारण है कि लोग कलाकारों के नाम के आगे श्रद्धासूचक शब्द (जी)

नहीं लगाते हैं? प्रत्युत्तर में वे बोले, ''परेशानी में पड़ा व्यक्ति हमेशा हे राम! हे कृष्ण! ही पुकारता है न कि हे रामजी, हे कृष्णजी।''

~***~

## एक विचार

छोटी भाभी के लाख समझाने के बावजूद जब ननद सुनयना उसकी भावनाओं को समझे बिना ही बात को टालने की नीयत से बोली, ''चाहे जो भी हो भाभी पर सच तो यह है कि सभी ने बाबू की खूब सेवा की है।'' मन-ही-मन सुनयना को खराब लग रहा था कि यह क्या, यहाँ तो अच्छे-बुरे सब एक समान हैं, फिर अच्छे बनकर बेकार की वाहवाही लूटने से क्या फायदा?

तभी एक विचार ने उसके मन की हलचल को कम कर दिया, उसे विचार आया कि, हो सकता है कि जीजी ने खुद भी ससुराल में अपने अधिकारों को लेकर इसी तरह संघर्ष किया हो इसीलिए उनको शायद मेरा यह संघर्ष छोटा दिखता हो? यह सोचकर; बिना कुछ बोले कुछ समय के लिए उसका मन शांत हो गया।

~***~

## लखटकिया

करोड़ों रुपयों की अनेक गाड़ियों तथा ड्राइवरों के होते हुए भी सेठ जतिनदास को शहर की घनी आबादी वाले व्यावसायिक बाजार में लखटकिया कार से

जाते देख उसका स्टाफ आपस में खुसुर-फुसुर किया करता था। यह बात सचिन को अच्छी नहीं लगती थी। उसको लगता था कि दादाजी पेट्रोल की बचत के मारे ऐसा करते हैं। एक दिन उसने अपने मन की बात अखिरकार कह ही डाली। दादाजी बोले, ''बेटा, यह गाड़ी तो मैं यहाँ रिक्शे की जगह प्रयोग में लाता हूँ, जब कि हमारा स्टाफ इसे सामाजिक प्रतिष्ठा से जोड़कर देखता है। इस घनी आबादी में केवल दिखावे के लिए बड़ी गाड़ी लाने का क्या औचित्य है? हमारे लिए जान-माल की सुरक्षा तथा समय का सदुपयोग ज्यादा जरूरी है।'' दादाजी की बात सुनकर अब सचिन खुद को गौरवान्वित महसूस कर रहा था।

~ * * * ~

## सबसे बड़ा बादशाह

ढेर सारे नौकरों के बावजूद अकेले ही दुकान को व्यवस्थित करने के कारण आज मुकुंद फिर से चिड़चिड़ा रहा था, परंतु साथ ही उसका यह भी प्रयास था कि उसकी चिड़चिड़ाहट ग्राहकों पर जाहिर न होने पाए। उसे समझ में नहीं आ रहा था कि ढेर सारी सुख-सुविधाओं, अच्छे वेतन तथा अच्छे व्यवहार के बावजूद ये नौकर महीने में बारह दिन भी ठीक से काम पर क्यों नहीं आते? वह जितना सोचता जाता, उसका दिमाग उतना ही

उलझता चला जा रहा था, परंतु रास्ता कोई साफ दिखाई नहीं दे रहा था। तभी मोबाइल की घंटी बजी, उधर से अंकल विलियम की आवाज सुन, मुकुंद ने खुद को व्यवस्थित करते हुए 'हैलो अंकल' कहा। आवाज के दबाव को पहचानते हुए अंकल ने उसकी उदासी का कारण जानना चाहा, अपनापन महसूस कर वह फट पड़ा और फोन पर ही अंकल से रात-दिन नौकरों की समस्या का समाधान जानना चाहा।

अंकल बोले बेटा—अकसर हम सभी भ्रम की स्थति में जी रहे होते हैं कि हमारे बिना इनका गुजारा नहीं है, परंतु सच तो यह है कि जरूरत इनको हमारी उतनी नहीं है, जितनी जरूरत हमें इनकी होती है। आमतौर पर इनकी आँखों में कोई बड़े सपने नहीं होते, न ही जिंदगी जीने का कोई खास मकसद, कमाई हुई तो ठीक अन्यथा इतना पैसा तो पढ़ाई के साथ-साथ इनके बच्चे पार्ट टाइम जॉब करके कमा सकते हैं। हम लोग की तरह इन पर न तो अपनी पहचान बनाए रखने का दबाव होता है, न टैक्स भरने की चिंता, न ही बच्चों की पढ़ाई की चिंता, हाँ—थोड़ा बहुत बच्चों के कॅरियर पर इनका ध्यान अवश्य जाता है, फिर बताओ दबाव हमें झेलना है या इनको? अत: जिंदगी का नए सिरे से आकलन कर शांत होने का प्रयास करो। इतनी चिंताओं में एक और चिंता करने से क्या फायदा, अच्छा होगा कि इस तरह की समस्याओं को सुलझाने के लिए तुम चिंतन का अभ्यास करो।

***

## जीवन मर्म

चंचल-चपला कुनिका जब आँखें बंद किए योगाश्रम के अहाते में बैठी अनुलोम विलोम प्राणायाम कर रही थी, तभी उसने वहाँ की अध्यक्षा मिसेज सहाय को किसी से कहते सुना, ''योगासनों की वजह से आज मैं 81 साल की उम्र में भी खुद को 18 साल की युवती के समान तरोताजा महसूस करती हूँ।'' यह बात जब कुनिका के कानों में पड़ी तो वह सोचने लगी कि 82वें साल में 28 साल की मैडम होगी और 83 साल में 38 साल की, इसका

मतलब 88 साल की उम्र में मैडम फिर से 88 ही साल की होंगी।

तभी सामने रखी ध्यानस्थ भगवान् बुद्ध की मूर्ति उसकी आँखों के सामने घूम गई और वह आँखें बंद कर फिर से ध्यानमग्न हो गई।

क्योंकि, आज उसने जीवन का मर्म समझ लिया था कि बुढ़ापा और मृत्यु तो किसी के वश में नहीं हैं, मगर तनावमुक्त होकर जिंदगी को बेहतर तरीके से जिया तो जा सकता है।

~***~

## रिटायरमेंट के बाद

रिटायरमेंट के कुछ ही सालों बाद प्रेम नारायण को पालनागृह खोलते देख पड़ोसियों को आश्चर्य हुआ, परंतु वे सभी चुप थे। उनमें से एक पड़ोसी जो खुद को प्रेम नारायणजी के अधिक समीप समझता था, उसे हर रोज प्रेम नारायणजी को बुढ़ापे में इतनी जिम्मेदारी निभाते देखकर बड़ा दुःख होता था। आखिरकार उससे न रहा गया, उसने उनसे पालनागृह खोलने का कारण जानना चाहा पर प्रेम नारायण ने मुसकराकर बात टाल दी। बात आई-गई हो गई।

लगभग छह महीने बाद वह अपने परिचित के साथ उसके बच्चे की देखभाल के लिए पालनागृह में गया तो उसकी संवेदनाएँ आज फिर से उस बूढ़े व्यक्ति के लिए जग गईं, आखिरकार उससे न रहा गया, उसने कहा, "चाचाजी! सारी उम्र तो आप परिवार के लिए इतना सब करते रहे, फिर अब यह सब करने की क्या जरूरत आ गई।"

बड़ी ही सरलता से अपनी आँखों को कहीं दूर टिकाते हुए प्रेम नारायण

बोले, "बेटा! बेटा-बहू काम पर जाते हैं, घर पर मैं अकेला रह जाता हूँ, जहाँ दो बच्चों को सँभालें, वहाँ दस सही, इस बहाने कुछ कमाई भी हो जाती है।" यह कहकर वे एक छोटे बच्चे को पुचकारने लगे।

~✻✻✻~

## पूजा-पाठी आदमी

एक पूजा-पाठी आदमी अकसर मंदिर में जाकर पूजा-पाठ और दान-धरम किया करता था। उसको पूजा-पाठ करते देख कुछ शरारती तत्त्व उसकी हँसी उड़ाने लगे। एक बोला, "सौ चूहे खाकर बिल्ली मौसी हज को चली।" "दूसरा बोला, "मुँह में राम बगल में छुरी।" तीसरा कोहनी मारते हुए बोला, "गंगा गए तीरथ गए; गया न मन का मैल।" और यह कहकर वे तीनों उस व्यक्ति की खिल्ली उड़ाकर जोर-जोर से हँसने लगे। साथ ही, पास खड़े लोगों को भी अब तक हँसी का संक्रमण हो चुका था। बिना घबराए वह व्यक्ति बोला, "पहली बात तो यह कि बिल्ली हज हो आई, तुम लोगों की तरह बेगार तो नहीं कर रही और जहाँ तक बात है, 'मुँह में राम बगल में छुरी'—सच तो यह है कि यह सामाजिक समरसता का कलछुल है अन्यथा तो अब तक तुम लोगों की इतनी लंबी जीभ कटी मिलती।" उन लड़कों को आड़े हाथ लेते हुए वे आगे बोले, "और क्या कह रहे थे, 'गंगा गए तीरथ गए गया न मन का मैल'—तो ईर्ष्या-द्वेष के मैल पर प्यार पनपे तो पनपे कैसे? तुम जैसे लोगों का तो मन चंगा न तन चंगा इसीलिए तो दोस्तो आदमी नंगा ही नंगा।"

यह सब सुन वे सभी लड़के बिना एक भी शब्द कहे चुपचाप वहाँ से खिसक लिये।

~✻✻✻~

## पुत्रवती भव

माधव, राघव से, "चलो कोई पिक्चर देखी जाए।" कोई ढंग की पिक्चर हो तब न चली जाए। अरे हाँ, क्यों न विक्की डोनर फिल्म चली

जाए?'' क्या है उसका प्लॉट? ''यही कि विकी नाम का एक जवान लड़का अपना, स्पर्म ऐसी औरतों को डोनेट करता है जिसके काफी समय से बच्चे नहीं हुए हैं—वे औरतें बेचारी बड़ी परेशान थीं।''

राघव बोला, ''यह तो बड़ी साधारण सी कहानी है।'' माधव क्या बात करते हो? ''और क्या, हमारे यहाँ के ऋषि-मुनि तो न जाने कब से यह काम कर रहे हैं, न विश्वास हो तो एक बार फिर से महाभारत उठाकर देख लो, सब समझ में आ जाएगा। इसी प्रकार से ये तांत्रिक बाँझ स्त्रियों को अकेले कुटिया के अंदर बुलाकर 'पुत्रवती भव' का ऐसा आशीर्वाद देते हैं कि नौवें महीने महाराजजी की 'खास' कृपा से बच्चा हाजिर। देखा जाए तो कभी-कभी जहाँ विज्ञान भी पीछे रह जाता है, वहाँ बिना किसी झंझट के तांत्रिक पास हो जाते हैं।''

* * *

## कमाल हो गया

एक पेट-शॉप में ढेर सारी सुंदर-सुंदर मछलियाँ, कुत्तों के बच्चे, खरगोश, गिनी पिग, देशी तथा पहाड़ी तोते थे। कई दिनों से दुकानदार देख रहा था कि दुकान में तोते को छोड़कर बाकी सभी पशु-पक्षी बिक जाते हैं। तोते कैसे बेचे जाएँ? इसके लिए वह बहुत दिनों तक सोचता रहा, आखिरकार उसे एक आइडिया आया।

एक सुंदर सा सुनहरा पिंजरा कहीं से लाकर हर दिन एक तोते को वह

उसमें रख देता। तोता हर ग्राहक के आने पर बड़े प्यार से "Hello, I Love you darling" कहकर उसका अभिवादन करता। तोते से प्रभावित होकर कोई-न-कोई ग्राहक तोते को खरीदकर ले जाता, खास करके नवविवाहिता पत्नियाँ तो तोते के द्वारा किए गए अभिवादन को सुनकर गद्गद हो जातीं और मुँहमाँगे दाम देकर उसे खरीदकर ले जातीं।

परंतु जब कुछ समय बाद बचे हुए तोतों ने 'I Love you' सीखने में कोई रुचि नहीं दिखाई तब दुकानदार ने उन्हें 'अल्लाह ओ अकबर' तथा 'राम-रामजी' कहना सिखा डाला। वे भी अच्छे दामों में बिक गए, परंतु कुछ ढीठ तथा आलसी किस्म के तोतों ने कुछ भी सीखने में जब रुचि नहीं दिखाई तो दुकानदार परेशान हो उठा, उसने अपनी यह समस्या अपने एक दोस्त को बताई। दोस्त पलटकर बोला जिन्हें तुम तोते कहते हो ये सब 'साले गधे हैं।' यह सुन नकारात्मक सोचवाले वे सभी तोते समवेत स्वरों में 'साले गधे, साले गधे' चिल्लाने लगे। कुछ समय बाद जब वे सभी तोते साले-गधे कहने के अभ्यस्त हो गए तो बदमाश किस्म के कुछ लोग उन्हें भी खरीदकर ले गए।

~ * * * ~

# खिड़कियाँ खोल दो

तारीख 18 जून, 2012—क्या लिखूँ क्या न लिखूँ? वैसे भी बेकार की बातों को लिखने में धरा ही क्या है, पर कुछ लिखने-पढ़ने से मन कुछ

हलका तो हो ही जाता है। आज शादी की सालगिरह है, दिन बीतने को आया। इतने बड़े परिवार में से एक ने भी सालगिरह की शुभकामना नहीं दी। हमारे कर्तव्य तो बहुत गिनाए गए, पर 'अपने' कर्तव्य क्या हैं, यह भी तो पता होना चाहिए।

तारीख 25 जून—आज बड़े दिनों बाद सुलभा दीदी का कॉल आया। एक बार तो बड़ी खुशी हुई, चलो जो भी हो याद तो किया, पर यह क्या? बिना मेरा सुख-दु:ख पूछे सीधे कह दिया, "आ रहे हैं, कुछ चेकअप करवाने हैं।" भला यह कौन सा तरीका है आने का?

डायरी में इतना लिख बेचैन हो शुभा अपने कमरे में इधर-उधर घूमने लगी। रह-रहकर मन-मस्तिष्क में जाने कौन-कौन से अच्छे-बुरे विचार कौंध रहे थे। अभी आएगी परिवार सहित 10 दिनों तक रह जाएगी। माना कि 'अतिथि देवो भव:' होता है, पर इन देवताओं को यह बात समझ में क्यों नहीं आती है कि सामनेवाले की भी जान है, उसके अंदर भी एक दिल धड़कता है, मेजबान के प्रति तुम्हारा भी कुछ फर्ज बनता है। किलो भर की मिठाई देकर, अरे, खरीद तो नहीं लिया है हमको। समय से न खुद खाएँ और न ही दूसरे को खाने दें। हम भूखे

रहकर कब तक तुम्हारी सेवा करेंगे। इन मेहमानों को यह भी समझ में नहीं आता।

तभी कुछ सोचकर फिर से टेबल पर बैठ शुभा कुछ लिखने लगी, "पिछले जाड़े फूड पॉयजनिंग के कारण जब मुझे अस्पताल जाना पड़ा, कितनी चालाकी से मैडम अपना बचाव कर कर रही थीं, "तुम्हारी बीमारी का तो हमको पता नहीं चला।" सारे-रिश्तेदारों, गली मुहल्ले वालों को मालूम था। देखने न आना पड़े इसलिए इनको नहीं मालूम था। फिर पर्सनल मोबाइल लिये मैडम बेकार ही घूमा करती हैं। ये ससुरालवाले भी कितना चालाक बनते हैं। शायद इनके लिए चालाकी का मतलब 'छल-कपट' से तो नहीं है।

तारीख 1 जुलाई—आज पापा को अचानक घर आया देख मन खुशियों से भर उठा। पर यह क्या? हाथ तो दोनों खाली थे। भला यह भी कोई तरीका है बेटी के घर आने का? क्या कहें? किसको कहें? 'खैर।' शुभा ने यह सोच कर एक लंबी साँस भरी कि चलो डायरी के पन्नों के बहाने, डिप्रेशन से तो कुछ हद तक छुटकारा मिल ही जाता है—

तारीख 17 जुलाई—न जाने कैसे हैं ये रिश्ते नाते, भाई-भाभी हों या ननद हर साल हम ही इन्हें फोन करते हैं। इतना ही घमंड है तो बैठें अपने घर पर, ये रिश्ते अब ढोए नहीं जाते पर त्योहार बिगाड़ने से भी क्या फायदा? बच्चों के ऊपर भी गलत असर पड़ता है, निभाना है निभाते चले जा रहे हैं।

तारीख 30 अगस्त—आज क्लब में खूब तैयार होकर गई। तीज-क्वीन जो बनना था हर किसी ने मेरी तारीफ की पर निर्णय दूसरे मेंबर पर जाकर अटक गया। फिर से खुद को शीशे में निहारा, लगा कहीं-न-कहीं भेदभाव तो हुआ है पर दुनिया का तमाशा देख मैं चुप थी।

शुभा अभी-अभी प्राणायाम करके उठी है। न जाने क्यूँ आज उसका जी मिचला रहा था, कुछ-कुछ चक्कर सा भी आ रहा था। घर पर बूढ़े ससुरजी के अलावा कोई न था। एक गिलास नींबू-पानी पी कर वह लिखने बैठ गई। "अच्छा भला बिजनेस सँभाल रही थी, सारा व्यापार कितनी मुश्किलों से सँभाला, तब तो दादाजी गायब थे, पर कौआ और गिलहरी की कहानी की

तरह जब सबकुछ ठीक हो गया। बच्चे भी अपने-अपने कामों में लग गए तब आ धमके सेवा करवाने। जब घर के बड़े ही ऐसे हो जाएँ तो किसको क्या कहें, फिर अपना घर छोड़कर कहाँ भाग जाएँ? बुरा तो तब लगा जब महाशय आते ही दूसरे दिन कह रहे थे, ''यह घर तो मेरा है, तुम तो यहाँ ब्याह कर आई हो।'' बुरा तो बहुत लगा पर बड़ों से ऊँची आवाज में बोला भी तो नहीं जाता है?

शुभा जितना सोचती जाती, उसका मन उतना ही नकारात्मक विचारों में डूबता चला जा रहा था। कभी-कभी तो उसे लगता कि इस तरह से तो वह पागल हो जाएगी, पर लाख चाहकर भी अपनी गलती समझ नहीं पा रही थी। कहीं ऐसा तो नहीं, सामने वालों कि निगाह में कोई आपको कमजोर सिद्ध करना चाह रहा हो। पर दरियादिली का दरिया तो बह चला था, नाव भी उसी पर चलानी थी पर अब रिश्तों-नातों की नाव अकेले खेते-खेते शुभा थक चुकी थी।

पता नहीं लोग अकेले कैसे जिंदगी गुजार देते हैं। क्या टेकसेवी होकर कोई जी सकता है? वह कुड़मुड़ाई। क्या आदर्शवादी चरित्र का होना कोई बहुत बड़ी अक्ल की बात है? उसकी तरफ से अकसर जवाब आता शायद नहीं, शुभा अच्छी तरह जानती थी कि मुँह पर कभी किसी ने उसे बुरा-भला नहीं कहा, पर मन से स्वीकारा भी तो नहीं। इतना घमंड है तो बैठें चुपचाप, तुम्हें हमारी परवाह होगी तभी मैं तुम्हारी परवाह करूँगी वरना पूरी दुनिया पड़ी है मेरे पास। आज वह ठान बैठी थी।

उसे मोबाइल कंपनी वालों पर भी बहुत गुस्सा आ रहा था। 50 पैसों में 1 मिनट बात करने को कहते हैं। बात किसे करनी है, एक मिनट की ही तो? कुछ अपने मन की बात नहीं करते और न ही मेरे मन की बात सुनते हैं, हाँ-ना किया, बस रख दिया मोबाइल।

आज से शुभा ने तय कर लिया था कि वह भी खुद को रिश्तों-नातों के पचड़ों से दूर कर लेगी। अगर कोई हिलना-मिलना नहीं चाहता तो जबरदस्ती उनसे व्यवहार बनाया नहीं जा सकता। भौतिकवादी उन्नति पर उसे बड़ी कोफ्त हो रही थी।

सावन गया, भादो गया, कुवार, कार्तिक आया—जीवन यात्रा यूँ ही चलती रही। अब तक शुभा तनाव को कम करने के लिए योग और अध्यात्म की शरण में जा चुकी थी। सुबह के वे दो घंटे उसके लिए जीवनदायिनी संजीवनी बनते जा रहे थे। स्वभाव का चिड़चिड़ापन भी कम होने लगा था, जबकि परिस्थितियाँ जहाँ की तहाँ खड़ी थीं। अब तक उसने जान लिया था कि अधिकार मिलते नहीं, उन्हें छीनने पड़ते हैं। यह जान उसका आत्मज्ञान पुख्ता होता गया। अब तक उसके चेहरे की लुलाही भी लौट आई थी। उसे महसूस हो चुका था कि दुनिया बेरहम और बेदर्द है, पर यह भी मनोवैज्ञानिक सत्य है कि अकेले जिया भी नहीं जा सकता। उसे पता चल गया था कि दिल वहाँ लगाना है, जहाँ पर पत्थरदिल लोग न हों, नहीं तो चोट खाते-खाते बेचारा लहुलूहान हो जाएगा।

आज दीपावली की परेवा के दिन उसने मन में बहुत सी प्रतिज्ञा कर डाली थी। वह महसूस कर रही थी कि अपनों के बिना वाकई जिया नहीं जा सकता इस साल बिना किसी के मैसेज आने की परवाह किए सबकुछ भुलाकर उसने एक-एक कर सबको शुभकामनाएँ दे डालीं। मन की बंद खिडकियाँ खुल गईं, ठंडी हवा का झोंका जो आ रहा था। आज निष्काम भाव से अपनों से बात कर वह जैसी खुशी का अनुभव कर रही थी, वैसी खुशी तो उसने आज तक महसूस ही न की थी। आज उसे एहसास हो गया था कि इनसान जितने समय नकारात्मक भावों में जीता है उतने समय का नरक भोगने को वह विवश हो जाता है। अत: आज से ताजी हवाओं के लिए उसने अपने मन की खिड़कियाँ हमेशा-हमेशा के लिए खोल दीं।

~***~

## समझ अपनी-अपनी

"बहूजी! क्या बाबूजी को भी चाय दे दूँ?" "नहीं, अभी रहने दो उनको दिक्कत हो जाएगी पलटकर मैंने कहा।" "हाँ, बहूजी! बुढ़ापे में ज्यादा चाय-पानी पीने से पेट खराब हो जाता है। इससे तो अच्छा है उन्हें

चाय ही न दें।'' बात को साफ करने की गरज से मैंने उसे समझाया, ''अरे नहीं; मेरे कहने का मतलब है कि बाबूजी को समय से खाने-पीने की आदत है। इसलिए इतने बुढ़ापे में भी वे स्वस्थ रहते हैं, चाय पीने का उनका समय चार बजे है। मुझे तो काम करना ही है तो क्यों न, उनके लिए समय पर ही चाय बना दी जाए।'' न जाने क्या समझ कर महरी बोली, '' 'दो बजे' और 'छह बजे' दो बार नाश्ता देने से अच्छा है, एक ही बार चार बजे नाश्ता और चाय दे दी जाए?'' एक ही समय में उसकी समझ और नासमझी के स्तर को देखते हुए मैं अवाक् खड़ी उसे देखती रह गई।

~ *** ~

## निर्णय

कन्या भ्रूण पर 'पोस्टर बनाओ प्रतियोगिता' के निर्णायक मंडल की हैसियत से जब मुझे विश्वविद्यालय जाना पड़ा तब वहाँ अनेक विषय—गर्भ में मारी जाती, पेट में तड़पती, कूड़े में फेंकी जाती, पाँच पुरुषों से घिरी एक पांचाली जैसी पेंटिंग देखते हुए मैं आगे बढ़ी जा रही थी अनायास मेरी निगाह एक पेंटिंग पर जाकर ठहर गई—एक झोंपड़ी के बाहर धूल में सनी लगभग सात-आठ साल की लड़की अपने भाई को कमर पर बैठाए थी, उधर उससे

कुछ बड़ी लड़की बरतन माँज रही थी और एक लड़की की पीठ शहर की ओर जाती दिखाई दे रही थी जो संभवत: अपने माँ-बाप के साथ रोजी-रोटी की तलाश में निकली थी। बहुत देर तक सोचने के बाद भी मैं यह नहीं सोच पा रही थी कि निर्णय किसके पक्ष में जाए। मैं उधेड़बुन में पड़ी थी कि तभी उधर से निकलती दो आया लोगों को बात करते सुना—"जो हम खाते हैं, इन्हें देते हैं, हम जैसे रहते हैं, इन्हें भी रखते हैं। अपने लोगों के यहाँ ज्यादा बिटियन को लेकर हो हल्ला तो नाही है।" अचानक मेरा हाथ उस पेंटिंग की ओर बढ़ गया और मैंने उसे प्रथम घोषित कर दिया। हालाँकि आज भी मैं यह नहीं समझ पा रही थी कि उस दिन मेरा वह निर्णय सही था या गलत।

~***~

# 'हुई न हुई'

दूर कहीं, कभी खत्म न होनेवाली अँधेरी सड़क पर वह चली जा रही है। तभी उसे सुनाई देता है—"माना कि माँ तुम्हारा-मेरा साथ कुछ समय का ही था लेकिन तुम्हारे दिल की धड़कनों को गिनते हुए मैं इतना तो सीख ही गई थी कि ये धड़कनें किसी ममतामयी माँ की धड़कनें हैं पर तभी ऐसा क्या हुआ कि सबकुछ खत्म हो गया।"

स्नेहा हड़बड़ाकर उठी तब तक उसकी तंद्रा भी टूट चुकी थी—क्या कहती वह अपनी 'हुई न हुई' पेट जाई से?

क्या कहती उसे क्या यही कि जिस तरह से उसे ससुराल में कम दहेज लाने को लेकर ताने-उलाहने मिले, ठीक वही कहानी फिर एक बार दोहराई जाए यह वह नहीं चाहती।

मैके भी वापस जाने में घबराहट होती थी—दुनिया क्या कहेगी? और दुनिया की ताक-झाँक भरी निगाहें, ऊपर से विधवा बड़ी दीदी के दोनों बच्चों को सँभालते रिटायर्ड हो चुके पापा। कैसे जाए वह वहाँ? नहीं वह नहीं जाएगी! अब वह एक शादीशुदा स्त्री है न कि बच्ची, जिसके गुण-दोष न गाए जाएँगे। अगर दबकर ही रहना है तो ससुराल ही क्या बुरा है, एक बार फिर आवाज आई—माँ! क्या बेटियाँ इतनी ही भारी होती हैं? अगर ऐसा ही है तो फिर देवी मानकर उन्हें पूजा क्यों जाता है? कहीं यह बेटियों के खिलाफ कोई षड्यंत्र तो नहीं?

अब तक स्नेहा पूरी तरह से जाग उठी थी—चिल्ला उठी, हाँ बेटियाँ होती हैं भार, माँ-बाप का पिछले जन्म का कर्ज जिसको उतारने के लिए उन्हें माँ-बाप के रूप में धरती पर जन्म लेना होता है। अगर ऐसा न होता तो क्यों बड़ी होती हुई दीदी का रिश्ता आते न देख परेशान होकर झल्लाकर माँ ने पापा से कहा था—"तुम कहते हो अपना मकान बनवा लूँ, कहाँ से बनवा लूँ

मैं मकान? हम बहनों की तरफ इशारा करके, हैं न ये दो-दो मकान।'' कितना रोई थी वह उस दिन—कभी कोठरी में बंद होकर, तो कभी बिस्तर के अंदर मुँह ढककर। पर मम्मी-पापा भी क्या करते, एक तरफ बेटियों को पढ़ा-लिखाकर आगे बढ़ाने की चिंता तो दूसरी तरफ उन्हें गृहकार्यों में निपुण करवाने तथा व्यवहार कुशल बनाने की फिक्र और ऊपर से दहेज के भूत का सिर चढ़कर बोलना। क्या करते वे, बेटियाँ पैदा करने की गलती तो वे कर ही चुके थे। खैर, हुआ सो हुआ।

तभी उसे फिर से किसी के सुबकने की आवाज सुनाई दी, चारों तरफ निगाह उठाकर देखा। कहीं से एक बारीक, मीठी सी आवाज आ रही थी—सच बताओ माँ। मैं तुम्हारा पाप हूँ या कि पुण्य? कुछ कहने से पहले स्नेहा हिचकिचाई—फिर हिम्मत बटोरकर बोली, ''सच कहूँ बेटा—लोगों की निगाह में, कीचड़ में सना एक गुलाब कैसे दूसरा गुलाब पैदा कर सकता है?

''माना कि मैं भी अपनी माँ के दर्द से पैदा हुई, परंतु बहुतों के लिए दर्द बन गई इसीलिए तेरी हमदर्द बन फिर इस दोगले संसार में दूसरी स्नेहा नहीं ला सकती। औरत का आदर्श सीता है। द्रोपदी नहीं न ही राधा। सीता बन उसे पग-पग पर अग्नि-परीक्षा देनी पड़ती है। कभी चरित्र के नाम पर उसके सामने सवाल खड़े किए जाते हैं। कभी दहेज के नाम पर सताया जाता है, यहाँ तक की ढंग का सोना और खाना भी नसीब नहीं होता। मैं आज तक न समझ सकी कि सारे समायोजन की गठरी उसी के सिर पर क्यों लाद दी जाती है, फिर सारे पूजा-पाठ, व्रत-त्योहार, रिश्तेदारी जैसे समय खपाऊ काम उसी के सिर क्यों मढ़ दिए जाते हैं।

''दम घुटता है मेरा यहाँ—जिस दरवाजे थूकने का मन न करे, दुनियादारी के नाम पर वहाँ चाटने जाना पड़ता है। कैसा दोगला है यह संसार, जो कभी देवी बनाकर हमें सिर-आँखों में बसा लेता है और वही समाज अंदर हो या बाहर एक झटके में उसका कत्ल करने से भी नहीं चूकता।'' ''पर माँ, तुम्हारे साथ तो शायद ऐसा कुछ भी नहीं हुआ था फिर ऐसा क्या?''

''बेटा क्या शरीर से ही किसी का कत्ल होता है भावनाओं से नहीं? जब किसी की मन-आत्मा को बाँधकर सामाजिक रीति-रिवाज के नाम पर

औरत का शोषण होता है। वह क्या किसी कत्ल से कम है? फर्क सिर्फ इतना है कि उधर रिसता उसका वह खून कोई देख नहीं पाता, इसीलिए सबकुछ जानते–समझते हुए भी मैंने यह कदम बढ़ाया हैं। मैं तुम्हारी हत्यारिनी हूँ, पर इस हत्यारे संसार से तुम्हें बचाने के लिए।''

''झूठ सबकुछ झूठ! क्या माँ का हृदय भी कभी पापी बन अपने अजन्मे शिशु से झूठ बोल सकता है? तुमने अपने सुखों के लिए मुझे त्यागा है। अब तो तुम्हें माँ कहने में भी मुझे शर्म आती है, तुम माँ नहीं पिशाचिनी हो।'' अब तक स्नेहा गहन चिंता में डूब चुकी थी।

''इतना बड़ा इलजाम? वह भी सिर्फ उस पर, क्या यह निर्णय सिर्फ उसका था? क्या आशीष तथा अम्माजी ने दहेज जैसी न जाने कितनी दुनियावी बातों का हिसाब लगा उस पर दबाव नहीं बनाया था और वह भी मति की मारी उनकी बातों में आ गई, तब ये दोनों भी तो इस घटना के लिए बराबर के भागीदार हैं। फिर, सारा दोष मुझ पर ही क्यों मढ़ा जा रहा है?''

''तारीफ करनी चाहिए ऐसे अनुशासन की, जहाँ अनुशासन के नाम पर प्रेगनेंट बहू को समय से ढंग का खाना भी नहीं नसीब होता है। यही थी उसकी शिक्षा, ऐसे थे उसके संस्कार जो उसे सही बात कहने से भी रोकते थे। लगता था, कहीं कलह न हो जाए पर जब दोष मढ़ने की बात आई तो अकेले उसी पर सबकुछ थोप दिया गया, शायद यह फैसला ठीक ही था।''

यह क्या? तभी किसी ने मानो उसके अंत:करण की आवाज सुन ली हो। न जाने किस ओर से एक सुमधुर आवाज आई—ठीक कहती हो बेटी, माना कि मेरी बेटी बन तुमने बहुत से कष्ट उठाए पर इस जन्म में तो तुम्हारी बेटी बन मैं तुम्हारे कष्ट दूर करना चाहती थी। माँ बनकर न सही बेटी बनकर मैं तुम्हारे बालों को सहलाती। भइया जब तुम पर नाराज होता मैं तुम्हें दिलासा देती, पापा तुम्हारी परवाह करें न करें पर मैं हर पल, हर क्षण तुम्हारी बेटी बन तुम्हारे नजदीक रहना चाहती, पर हाय री किस्मत तुमने तो मुझे जीते जी मार डाला। हड़बड़ाकर स्नेहा जाग उठी, ऐसा डरावना सपना आज तक न देखा था तभी पेंट पर निगाह गई, 'तुलसी अभी हरी थी।'

~***~

## बंधन

नई-नवेली दुलहन के ससुराल आने के कोई एक महीने बाद पड़ोसन मिसेज वर्मा ने सास से पूछा कि आजकल आप कहीं दिखाई नहीं पड़तीं, सब ठीक-ठाक तो है। बड़े अपनेपन से बात आगे बढ़ाते हुए बोली—बहू घर के कामकाज में आपकी सहायता तो करती है। सास ने संतोषजनक तरीके से अपनी आँखें झपकाई पर उसकी जिज्ञासा थी कि शांत होने का नाम ही न लेती थी। आगे वह बोली किसी ने ठीक ही कहा है कि बहुएँ आने के बाद आदमी घर पर और बँध जाता है। अबकी दफा सास बोली, ''जब हम उसे बंधन में बाँधेंगे तभी न खुद बंधन में बँधेंगे।'' यह सुन मिसेज वर्मा एक पुराने सवाल का नया उत्तर तलाशने लगीं।

~ * * * ~

## सीमा रेखा

एक दिन तान्या ने माँ से अपने जन्मदिन पर स्कूल में फोटोग्राफी करने की इच्छा जाहिर की, परंतु साथ ही स्कूल में मोबाइल न ले जा सकने की अपनी मजबूरी भी बताई। उसका पक्ष लेते हुए माँ बोली, ''क्यों न स्विच ऑफ करके बैग में मोबाइल छुपाकर ले जाओ। इस प्रकार अनुशासन में रहकर तुम अपनी इच्छा पूरी कर लोगी।'' अब तो तान्या का मन छुट्टी के बाद अपनी सखी जारा के साथ Pizza hut जाने को भी मचलने लगा। माँ ने इस बात की भी सहमति दे दी। यह सब देख उसे माँ पर बड़ा लाड़ आने लगा, माँ के गले में हाथ डाल कर वह बोली, ''आपको नहीं लगता, इतनी छूट देकर आप मुझे बरबाद कर रही हैं।''

प्रत्युत्तर में माँ बोली, ''जब तुम्हें अपने अच्छे-बुरे की इतनी समझ है, तभी तो मैं तुम्हारी इतनी बातें मान रही हूँ, लेकिन छूट की भी एक सीमा होती है इसीलिए तो छुट्टी के दो घंटे बाद मैं खुद तुम्हें लिवाने आ रही हूँ।''

~ * * * ~

# जहरीले

नागपंचमी के दिन जंगल में घूमते हुए नागिन ने नाग से कहा, "कैसा बुरा समय आ गया है, लोग आज के दिन भी हमें याद नहीं करते।" खिसियाकर नाग बोला, "हमारी तरह कान के बहरे लोगों के हाथों से वैसे भी कौन सिंथेटिक दूध पीना चाहता है।

"ये मनुष्य हमारे अंदर बसे जहर की बातें करते हैं, कभी इन्होंने अपना जहरीला फन देखा है क्या, हम जहरीले भले ही हों पर प्यार के मामले में हमारा कोई मुकाबला नहीं।" यह कहकर चाँदनी रात में दोनों मस्त होकर एक ही धुन में नाचने लगे।

~***~

# पापा ठंडे हैं, पापा मारते नहीं

वह नन्ही सी बच्ची पापा की छाती पर चिपकी पड़ी थी। उसे आस-पास के माहौल का अहसास ही न था; उसे यह भी न पता था कि जिस शराब को उसका बाप सीने से चिपकाए घूमता था, आज उसी शराब ने उसकी जान ले ली है। चार साल की वह नन्ही गुड़िया अपने पापा की ठंडी छाती से

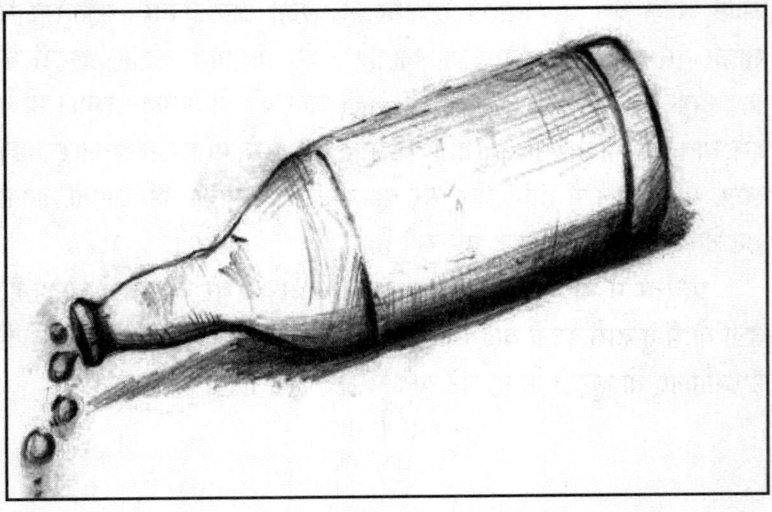

चिपकी किसी स्वर्गीय सुख का आंनद उठा रही थी। क्योंकि आज उसे पापा कड़ी धूप में भीख माँगने के लिए मजबूर भी तो नहीं कर रहे थे।

सुबह से दरवाजा खुला न देख आशंकित हुए कुछ पड़ोसियों ने उस शराबी रिक्शेवाले की कोठरी में प्रवेश किया वहाँ का नजारा देख वे हतप्रभ हो गए। भीख माँगनेवाली वह बिटिया कितने सुकून से बाप की छाती पर सिर लगाए पड़ी थी। कुछ लोगों ने उसे वहाँ से आहिस्ता से हटाना चाहा। अपनी विवशता से अनजान चहकती हुई वह परी बोली, ''पापा ठंडे हैं। पापा मारते नहीं हैं।'' पास खड़े लोगों की आँखों से आँसू निकल पड़े।

~***~

## फोटो

पचास से साठ के दशक के एक प्रसिद्ध फिल्म अभिनेता के जन्मदिन के अवसर पर टी.वी. इंटरव्यू लेते हुए प्रस्तोता ने कहा—''कितने भाग्यशाली हैं आप जो लगभग साठ दशकों तक आपने इस फिल्म नगरी में सम्मानपूर्वक राज किया। आज का दिन आप किस तरह से मनाएँगे जनाब!'' ड्राइंगरूम में लगी अपने कुछ मित्रों की तसवीरों पर निगाह डालकर, कुछ गंभीरतापूर्वक वे बोले, ''सब फोटो बन गई हैं, भला किसके साथ सालगिरह मनाऊँ।''

प्रश्नवाचक निगाह के साथ—ऐसा होता है 'भाग्यशाली'।

~***~

## मान भी जाओ—'निशा'

कन्याभ्रूण हत्या के विरोध में रैली निकाली जा रही थी, तभी 'पाँच लड़कियों के बाद छठे बच्चे के जन्म से पहले पत्नी ने जब लिंग परीक्षण करवाने से मनाकर दिया तो दबाव में आकर पति ने पत्नी के जननांग पर तेजाब डाल दिया'—इस खबर पर लोगों के बीच चर्चा दिखाई दी।

अधिकांश लोगों ने जहाँनिशा के लिए सहानुभूति दरशाई तथा पति की खूब भर्त्सना की। तभी वहाँ लोक-व्यवहार में कुशल एक स्त्री आई और बोली,

''यह सब औरत के हठ के मारे हुआ है। जरा 'लच' जाती तो क्या हो जाता।''

यह सब सुन हक्की-बक्की हो मैं वहाँ से खिसक गई।

~✻✻✻~

## जिंदगी

लिव-इन रिलेशन में रह रहे एक जोड़े से संयोगवश मैं न्यू ईयर पार्टी में टकरा गई। कुछ चाय-कॉफी के बाद जिज्ञासावश मैंने कहा कि कैसा लग रहा है? दोनों हाथ उठाकर लड़का बोला, ''अहा! अपनी आजादी, अपना कॅरियर, सकून है।'' लड़की बोली, ''जले-मरे घर तोड़ने से अच्छा है अपनी जिंदगी अपनी शर्तों पर जी ली जाए!''

हाँ-में-हाँ मिलाता हुआ लड़का बोला, ''सब दुःखों का कारण हैं ये रिश्ते—ये नाते! अपना कमाने-अपना खाने में जो आनंद है; वाह! उसका क्या कहना!'' यह कहकर उसने एक चैन की साँस ली।

घरेलू चकल्लसों में फँसी मैं उन्हें एक टक देखती रह गई।

यह सब देखकर मैं कुछ भी सोचने की स्थति में खुद को विवश पा रही थी।

~✻✻✻~

## गुडमॉर्निंग

आजकल के गुरु तो पढ़े-लिखे होते हैं। ऐसे ही एक गुरुजी का चेला, गुरुजी के आश्रम में गया। सारे दिन की ध्यान संध्या के बाद जब वह वहाँ से चलने को तैयार हुआ, गुरुजी ने चलते समय उसे 'गुडमॉर्निंग' की। एक क्षण चौंककर चेला भी प्रत्युत्तर में उन्हें अभिवादन में 'गुडमॉर्निंग' बोलता है। चेले ने उनसे संध्या समय गुडमॉर्निंग करने का रहस्य जानना चाहा। गुरुजी ने दूसरे दिन सुबह उत्तर बताने का आश्वासन देकर उसे वहाँ से विदा किया। दूसरे दिन सुबह चेले के आने पर गुरुजी पुनः 'गुडनाइट' कहकर उसका अभिनंदन करते हैं। इस बार न चाहते हुए भी उसे गुरुजी को 'गुडनाइट' कहना पड़ा। यह

देख; गुरुजी के चेहरे पर रहस्यमयी मुसकान छा गई। अबकी दफा चेले से रहा न गया, उसने आग्रहपूर्वक इसका कारण जानना चाहा—गुरुजी बोले, "ये सब बातें इस बात पर निर्भर करती हैं कि कहनेवाला कितना प्रभावशाली है; जो रात को दिन और दिन को भी रात बना सकता है।"

~***~

## बिना दिलवाला

वृद्धाश्रम के अहाते में धूप सेंक रहे कुछ बुजुर्ग आपस में बातें करते हुए अखबार पढ़ रहे थे, तभी अखबार के शीर्षक पर जाकर उनकी निगाह एक जगह अटक गई। चश्मा पोंछकर एक वृद्ध ने जो उसे सीधा किया तो उसमें लिखा हुआ देखा, 'ऑस्ट्रेलिया में बिना दिल का आदमी ग्यारह सालों से जीवित है।'

व्यंग्य भरी मुसकान लिये एक बुजुर्ग बोला, "इसमें कौन बड़ी बात है, ऐसा तो हम पूरी उम्र महसूस करते रहे हैं। यह सुन एक वृद्धा की तो आँखें ही डबडबा गईं और वह अपनी छाती पीटने लगी।

~***~

## मरी औरत

ऐसा लगता है कोई मर गया है—हाँ मेरे अरमान, मेरे सपने, मेरे अपने, मेरा कॅरियर। रह गई है तो बस प्रताड़ना; वह भी जिसके घाव शरीर पर न होकर नासूर बनकर मेरे दिल पर छाए हैं।

मरा आदमी तो फिर भी शांत हो जाता है, पर मैं, मैं तो न मरकर जीती हूँ और न जी कर मरती हूँ। मुझसे तो अच्छी यह महरी है जो जब चाहे अपने

अधिकारों के लिए आवाज उठा सकती है पर मुझ पर तो संस्कारों का ऐसा ताला लगा हुआ है जो उनके असंस्कारों की चाबी से भी नहीं खुलता।

क्या करूँ, कहाँ जाऊँ—ऊपर से कूद गई तो कहीं लँगड़ी न हो जाऊँ। हाँ फाँसी पर तो चढ़ा जा सकता है पर मुझमें इतनी हिम्मत कहाँ? हाँ जहर खा सकती हूँ पर मेरी गृहस्थी में क्या कम जहर भरा हुआ है—नहीं यों ही रहना है मुझे, अब मरी औरत और क्या मरेगी।

~***~

## दस का एक

दोस्तों के एक ग्रुप में चर्चा के दौरान एक बोला, "यार अभिजीत तुम इस गप्पी गौरव को कैसे झेलते हो, हर बात को दस गुना बढ़ाकर बताता है।"

अभिजीत ने जवाब दिया, "यार अभिनव, गौरव के साथ केवल एक ही तो समस्या है। मैं तो, वो जो कुछ भी कहता है, उसका दसवाँ हिस्सा तो खुद ही सोच लेता हूँ। इस तरह मुझे गौरव के साथ कोई टेंशन नहीं होती। अगर तुम भी मेरी ट्रिक को फॉलो करो तो तुम्हें भी उसके साथ बैठने-उठने में कोई समस्या न होगी।"

~***~

## लक्ष्मी

"मुबारक हो आपके घर लक्ष्मी हुई है।" नर्स ने समाजशास्त्र के प्रवक्ता प्रवीण रॉय को दौड़कर यह खुशखबरी सुनाई। उस समय तो वे कुछ न बोले, हलका सा मुसकराने का अभिनय कर पचास-पचास रुपयों के हिसाब से सारे स्टाफ में बख्शीश बाँट दिया, परंतु एकांत पाकर भुनभुनाए—

"लक्ष्मी हुई है—यह भारतीय धर्मशास्त्र भी उलटी पट्टी पढ़ाता है, जरा पूछो इनसे बेटी लक्ष्मी होती है या बहू कायदे से यदि बहू धन-दौलत लेकर आए और वह उस पर कमाऊ भी हो तो इनका घर पर आना शुभ होता है।"

और फिर मुँह लटकाकर बैठ गए।

~✻✻✻~

## चमत्कारी पुरुष

उस दिन कच्ची नींद में मैंने सपना देखा। एक बाबा बारह-तेरह साल की बच्ची के सामने हाथ जोड़कर लगभग गिड़गिड़ता हुआ बोल रहा था, "क्षमा कर दो 'बहन' गलती हो गई।" और उसका सेक्रेटरी दस लाख रुपए का चेक लड़की के माँ-बाप को मुँह बंद करने के लिए दे रहा था।

चमत्कार तो देखिए, माजरा वहीं खत्म हो गया।

कौन कहता है कि बाबा ढोंगी होते हैं, अजी नहीं वे तो चमत्कारी पुरुष होते हैं।

तभी मेरी आँख खुल गई।

~✻✻✻~

## माँजी कॉलिंग

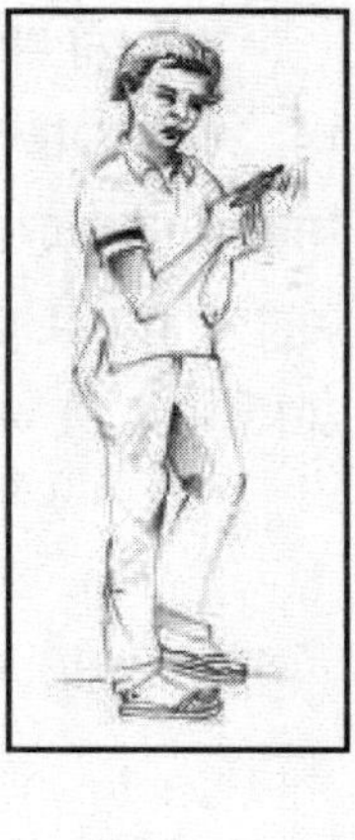

यह सच है माँ कि आज तुम सशरीर मेरे पास नहीं हो, पर तुम्हारा मोबाइल तो जीवन भर की वैलीडिटी के साथ हमारे पास है। जब परिवार का कोई सदस्य अनायास ही मुझे तुम्हारे फोन से कॉल कर देता है और मेरे मोबाइल पर 'माँजी कॉलिग' लिखकर आ जाता है, मैं देर तक उन दो शब्दों को देखता रहता हूँ—फोन रिसीव कर सकने की हिम्मत न जुटा पाने के कारण।

अचानक लगता है कि जैसे मैं माँ के बुलावे को अनसुनी कर रहा हूँ और छटपटाकर मैं फोन उठा लेता हूँ।

~***~

## एक प्रश्न यह भी

उस दिन उस धार्मिक पुस्तक में मैं पढ़ रही थी—महापुरुष वह होता है जो अगले पिछले सालों की परवाह किए बिना, आज में जीता है।

अकस्मात् मेरा ध्यान हमारे नौकर ननकऊ पर गया, जो भूत-भविष्य की परवाह न करके वर्तमान में जीता हुआ महीने में दस-बारह दिनों से अधिक काम नहीं करता, परंतु वह मगन है। खुद एक सवाल मन में लिये मैं सोच रही थी कि क्या ऐसी हरकत करके वह सच में अंदर तक खुश है या फिर उसका यह रवैया गैर-जिम्मेदाराना है।

~***~

## न बाबा न !

शादी-ब्याह की मध्यस्थता करवानेवाले एक सज्जन बेटी के माँ-बाप से बोले, ‘‘हम जहाँ पर आपकी बेटी की शादी की बात चला रहे हैं, उनकी हैसियत आपसे बहुत ऊँची है। ज्यादा क्या कहें, सच तो यह है कि जरा-सी सिरदर्द में भी उनके यहाँ दिल्ली-बंबई से डॉक्टर आते हैं।

बेटी की माँ जो अपनी बेटी के लिए एक खुशहाल जिंदगी तलाश रही थी, अपने ऊपर शादी करने का दबाव महसूस करने पर चिढ़कर बोली, ‘‘न बाबा न, हमें ऐसा घर नहीं चाहिए, जहाँ हर वक्त हमारी बेटी का सिर दुखे और न ही ऐसे डॉक्टर्स चाहिए कि उनके आने से पहले ही हमारी बेटी का ब्रेन हैमरेज हो जाए।’’

~***~

# विंध्या

निष्ठा अपने दोस्तों तथा सहेलियों के सामने अपनी घरेलू नौकरानी विंध्या का गुणगान करते नहीं थकती थी। उसका कहना था कि विंध्या असम से आई एक बाल-विधवा है, जो सोलह सालों से हमारे पास रहते-रहते हमारी ही बन गई है। उसका तो यहाँ तक कहना था कि व्यापार में अगर आज हम उन्नति कर पा रहे हैं तो उसका एक बड़ा कारण विंध्या है, जो हमारे घर को बड़ी जिम्मेदारी से सँभाले है।

उस दिन घरेलू नौकरों से परेशान उसकी सखी ने उसे समझाया, जितना तुमने बताया वहाँ तक तो ठीक है, परंतु एक पक्ष यह भी है कि विंध्या की स्वामी-भक्ति तब तक ही है, जब तक कि उसकी आँखों में सपने नहीं हैं। यह सुन अनजानी आशंका से निष्ठा के कान खड़े हो गए।

~***~

# मैं

एक बड़ा ही संस्कारी परिवार था, जहाँ परिवार के सभी सदस्य एक दूसरे को प्यार और इज्जत देते थे। लगभग बीस सालों तक वह परिवार बड़े ही सुव्यवस्थित तरीके से चलता रहा। खूब व्यापार किया, तीनों लड़कों और पिता ने आपस में मिलकर इतना पैसा और इज्जत कमाया, जितना कभी सोचा भी न था। घर में भी सारी सुविधाएँ थीं।

सफलता का जश्न मनाते-मनाते तभी उन्हें याद आने लगा कि किस तरह उन्होंने व्यापार में बढ़ोतरी की, कैसे वे आगे बढ़े, कौन-कौन सी कठिनाइयाँ सामने आईं और साथ ही परिवार तथा व्यापार को बढ़ाने में किसका कितना योगदान रहा?

पैसा हाथ में आए और परिवार में ऐसी बातें न उठें भला यह कैसे संभव हो सकता है?

बहुत सोचा हर किसी ने अपने-अपने हिसाब से कि घर में उन्नति किसके कारण हुई, सभी का उत्तर एक ही आया—'मेरे'।

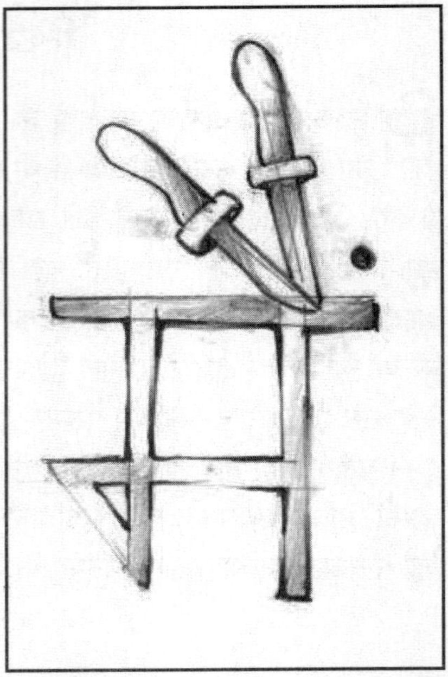

फिर क्या था, हर तरफ 'मैं' की आवाजें आने लगीं। बात बंदरबाँट तक आ पहुँची। तभी माँ ने तीनों बेटों को अलग-अलग पास बुलाकर पूछा, "धन और यश आने के बाद जिंदगी किसकी अच्छी हुई?"

सभी ने एक ही जबाब दिया, "हम सबकी।"

"तब फिर तुम लोगों के बीच यह 'मैं' कहाँ से आ गया?" माँ ने बेटों से अधिकारपूर्वक सवाल किया और बोली बेटा, "यह सब हमारे दृष्टिकोण का फर्क है। सच तो यह है कि हम का यह 'ह' हम सभी को हँसना सिखाता है, जबकि यह 'मैं' के दो डंडे खंजर के समान मुझे अपने घर की खुशियों का नाश करते दिखाई दे रहे हैं।"

यह सुन सभी भाइयों ने अपनी गलती स्वीकार की और प्रेमपूर्वक रहने लगे।

~***~

## 'तुम' या 'मैं'

एक दिन 'इंटर्नल ब्यूटी' और 'एक्सटर्नल' ब्यूटी' के बीच सुंदरता को लेकर जंग छिड़ गई।

इंटर्नल ब्यूटी का कहना था कि जब तक कोई इनसान अंदर से अच्छा नहीं होता है तो बाहरी स्तर पर उसका खूबसूरत होना कोई मायने नहीं रखता है। चिढ़कर एक्सटर्नल ब्यूटी बोली, "तुम्हारी अंदर की सुंदरता को देखने में

तो देखनेवालों को सालों लग जाएँगे। इसके बावजूद भी यह नहीं मालूम कि वे तुम्हें देख-समझ भी सकेंगे। या नहीं। इस तरह मैं तुमसे श्रेष्ठ हूँ, क्योंकि मैं हमेशा तुम्हारे वजूद को सँभाले। तुम्हारे आगे चलती हूँ। बिना मेरे, लोग तुम्हारे अस्तित्व पर प्रश्नचिह्न लगा सकते हैं। याद रखना यह सच है कि बिना मेरे लोग तुमको नहीं समझ सकते।

अस्तित्व पर हुए प्रहार को देखकर इंटर्नल ब्यूटी अपनी बातों पर और अधिक जोर डालते हुए बोली, "एक बात बताओ बहन, क्या मेरी उम्र तुम्हारी उम्र से लंबी नहीं है?"

खुद को कुछ ज्यादा ही बेहतर समझते हुए एक्सटर्नल ब्यूटी बोली, "पर तुम्हारी पहचान तो मुझसे ही है। खुली आँख वाले तो तुम्हारा दीदार मेरे माध्यम से करते हैं। हाँ, देखनेवालों की आँखें बंद हों तो कुछ और बात है।"

कुछ सोचकर बात को ज्यादा आगे न बढ़ाते हुए इंटर्नल ब्यूटी ने नजदीक आकर एक्सटर्नल ब्यूटी के गले में हाथ डालकर कहा, "सच कहूँ तो हम दोनों जुड़वा बहनें हैं, हम दोनों का नाम हमेशा साथ-साथ चलेगा, चलो माजरा यहीं खत्म किया जाए।" और दोनों शांत हो गईं।

~***~

## राम जाने!

आजकल के बच्चे मुखर और अक्लवाले तो होते ही हैं। एक दिन सुयश और उसकी माँ में इस बात को लेकर बहस छिड़ गई कि उन दोनों में अधिक भाग्यशाली कौन है? माँ का कहना था कि उसके लग्न में सूर्य है तथा अन्य ग्रह भी सहयोग करते हैं, इसीलिए वह अधिक भाग्यशाली है। सुयश का कहना था कि शनि ग्रह उसके लग्न में हैं और लगभग सारे अच्छे ग्रह उसके पक्ष में हैं, अतः वह माँ की तुलना में अधिक भाग्यशाली है। इस तरह बहस करते हुए बात कुछ अधिक ही आगे बढ़ गई। न जाने बात किसकी सही थी, पर दोनों अपने-अपने स्तर पर तर्क दे रहे थे, तर्क हालाँकि केवल बौद्धिकता की कसौटी पर थे, परंतु माँ को पुत्र का इस तरह से तर्क करना

अखर रहा था। आखिरकार कुछ खिसियाकर वह बोली, ''जिस दिन, जिस जन्म घड़ी में मैंने तुम्हें पैदा किया राम जाने तुम वैसा बेटा पैदा कर भी पाओगे या नहीं, अब तुम जानो भाग्यशाली तुम हो या मैं!''

और बेटा, निगाहें नीची किए, वहाँ पर खड़ा रह गया।

***

## दहेज तो चाहिए ही

अभिनव को बड़ा होते देख उसकी शादी की बात घर में चलने लगी थी। अभिनव ने बिना दहेज शादी करना तय कर रखा था। लेकिन यह क्या, घर में तो शादी के साथ-साथ लेनदेन तथा नेगचारों की बातें शुरू हो गई थीं। उसे यह सब देखकर मन-ही-मन गुस्सा आ रहा था कि विवाह-बाजार में बकरे के समान उसकी भी बोली लगाई जा रही है। खुद को बिकाऊ माल बना वह किसी भी हाल में शादी करना नहीं चाहता था। आखिरकार एक दिन माँ-बाप ने उसे अपने पास बुलाकर शादी का गणित समझाया—शादी-ब्याह में किन-किन मदों पर कितना खर्च होता है, किस प्रकार दो परिवार मिलकर एक घर बसाते हैं, लड़के वाले भी लड़की को ढेर सारा जेवर चढ़ाते हैं। उसका कमरा तथा बाथरूम बनवाते हैं, शादी के समय रिश्तेदारों को ढेरों उपहार देते हैं। साथ ही, सारा हनीमून-खर्च तो लड़के वालों के सिर पर ही होता है फिर अकेले अपने सिर पर तो खर्चे का बोझ उठाया

नहीं जा सकता। उस पर पढ़ी-लिखी लड़कियाँ अधिकार तथा समानता का सवाल करें तो और मुसीबत।

जहाँ तक अधिकार तथा समानता का सवाल है तो पहला अधिकार तो लड़कियों का विवाह से पहले माँ-बाप से बनता है। लड़कियाँ समानता की बात करती हैं तो विवाह के खर्चों में भी तो समानता होनी चाहिए। फिर तुम्हारी छोटी बहन की शादी भी तो कोई फ्री में नहीं हो जाएगी, फिर भी यदि तुम बिना दहेज शादी करना चाहते हो तो बिना किसी तड़क-भड़क के आर्यसमाज रीति से शादी कर अपनी जरूरतों को कम कर यदि जिदंगी जीने को तैयार हो तो हमें तुम्हारे खयालों पर गर्व होगा। अबकी बार अभिनव को देखकर लग रहा था कि उसने जिंदगी का एक नया पाठ पढ़ डाला है जो आज तक पढ़ने से रह गया था।

~***~

## सास या कि सॉस

एक बहू दूसरी से, ''यह बताओ कि सास की निगाहें हमेशा तिरछी ही क्यों रहती हैं? दूसरी बहू, ''सीधी-सी बात है सास को हमेशा डर बना रहता है कि यदि वह अधिक मीठी हो गई तो कोई उसे सॉस समझकर चट न कर जाए। इसलिए वह अपनी निगाहें हमेशा बहू की ओर तिरछी रखती है।'' यह कहकर उसने अपनी समझदारी का परिचय दिया।

~***~

## अपने-अपने आधार

मंदिर के टिमटिमाते हुए दीये से ट्यूबलाइट ने कहा, ''क्या पड़ी है तुम्हें, जो हमेशा टिमटिमाया करती हो, फिर थोड़े-थोड़े समय में तुम्हारे अंदर तेल-बत्ती (ऊर्जा) भी डालनी पड़ती है। फिर गौरवान्वित होते हुए आगे

कहा, "एक मैं हूँ जो हमेशा हँसती-मुसकराती और चमचमाती रहती हूँ, अलबत्ता तो मेरी ऊर्जा शांत ही नहीं होती। अगर मानो होने भी लगती है तो इनवर्टर लगाया और फिर से जल उठती हूँ मैं।"

किसी समाधिस्थ मुनि के समान दीये ने बड़े शांत भाव से कहा, "बहन तुम्हारी मेरी क्या बराबरी, तुम्हारा आधार इतने बड़े-बड़े बिजलीघर, उनके भी ढेर सारे स्रोत—कोयला, पानी परमाणु इत्यादि हैं। वे भी न हों तो तुम्हारे पास इनवर्टर तथा और भी न जाने क्या-क्या हैं और एक मैं हूँ कि थोड़ा सा तेल और छोटी सी बाती के साथ इस पवित्र मंदिर में जल रही हूँ, क्या यह कम है?"

~✻✻✻~

## बुढ़ापे की औलाद

मनाली अब 38 की तथा आर्या 42 साल के हो चले थे। अब तक वे दो जवान होते बच्चों के माँ-बाप बन गए थे। इसके बावजूद आर्या चाहते थे कि उनका एक बेटा और हो, जबकि मनाली अब फिर से बाल-बच्चों के झंझट में पड़ना नहीं चाहती थी। आज मनाली को लेकर आर्या फिर से कुछ ज्यादा ही रोमांटिक हो चले थे। उन्होंने बच्चे वाली बात फिर से मनाली के सामने दोहराई। आर्या बोले, "देखो बड़े बच्चे तो एक समय बाद अपने-अपने परिवारों में रच-बस जाएँगे, मेडिकल साइंस के विकास के साथ आज लोगों की उम्र भी बढ़ी है। एक छोटा बच्चा होगा तो कम-से-कम बुढ़ापे में हमारी देखभाल तो कर सकेगा। पति की इस व्यावहारिक समझ के सामने आखिर मनाली को अबकी बार झुकना ही पड़ा।

~✻✻✻~

## आर या कि पार

अवसादग्रस्त उपमा को लगभग दो सालों बाद पार्क में सुबह के समय ओस पड़ी हरी-हरी घास पर अठखेलियाँ करते देख मुझे बड़ा आश्चर्य हो रहा था।

उस समय उसका चेहरा उगते सूर्य के समान रक्ताभ दिखाई दे रहा था। अपनी जिज्ञासा के समाधान के लिए कुछ संकोच के साथ मैं उसके नजदीक ही टहलने लगी। उसके शरीर से अब तक अवसाद की दवाइयों का असर पूर्णतः खत्म हो चुका था। जिसके कारण वह पहले के समान मुझे सुगठित और छरहरी दिखाई दे रही थी। और नजदीक आने पर मैंने उसे अभिवादन कर बातों को इधर-उधर बढ़ाना चाहा। बातों के दौरान ही मैंने उससे उसके स्वस्थ शरीर तथा मस्तिष्क का राज जानना चाहा, मैं जानना चाहती थी कि किस प्रकार से वह तनावरहित होकर इतनी प्रसन्नचित्त दिखाई दे रही है।

वह बोली, ''एक दिन ध्यान करते हुए मुझे अहसास हुआ कि अब मरने और जीने के बीच का निर्णय लेने का वक्त आ गया है। या तो सोच लूँ कि जीना नहीं तो कहानी वहीं खत्म की जाए, पर इसकी कल्पना कर मैं सिहर गई। दूसरा रास्ता था जीने का, तब मैंने सोचा कि कल की बात कल गई और कल क्या होगा वह भी देखा जाएगा। आज तो इन अल्पायु फूलों के समान पूरी तरह से जी लिया जाए और ऐसी ही खिली-खिली आज मैं आपके सामने उपस्थित हूँ।''

~***~

## इमली का भूत

उस दिन कक्षा चार की टीचरजी क्लास में नहीं आई थीं। शायद उनकी छुट्टी थी। अब तो लड़कियों के मजे थे गॉशिप करने का पीरियड जो मिल गया था। बातें होते-होते भूतों पर आकर अटक गई। अब तो क्या था, वे सभी खुद को एक रहस्यमयी दुनिया में पा रही थीं। अब तो उन मासूमों की

दुनिया में इमलीवाला भूत घूमने लगा, जिनका उन्हें पता ही न था। समस्या थी कि वे उसे पहचाने कैसे? तभी क्लास में एक नई टीचरजी ने प्रवेश किया। आते ही टीचरजी ने पहले बच्चों से कुछ बातें कीं और फिर पढ़ाई का एलान किया।

अब तो सभी बच्चियाँ चहक उठीं। बात को आगे बढ़ाते हुए टीचरजी बोलीं, ''बच्चो, इमली का भूत पता करना इतना भी मुश्किल नहीं है, इस भूत ने कई रूप धर रखे हैं—पड़ोसी, रिश्तेदार, कभी पिता, कभी भाई—जो मौका पाते ही टुटकों का नाम ले तुम्हारी जैसी मासूम लड़कियों को इमली के तले कुचल डालते हैं और उनका बचपन मलिन करके सदा के लिए कुंठा के अंधकार में उन्हें धकेल देते हैं, उनका कोई कसूर न होने पर भी वे एक अपराधी का सा जीवन बिताती हैं।'' आगे वह बोलीं, ''इन मासूमों को बचाने के लिए हर हाल में हम सबको इमली के पेड़ को काटना होगा जिसके तले ये भूत पनपते हैं।

~ * * * ~

## पड़ाव

बच्चों के साथ खेलते, किलकिलाते, बच्चों को झूला झुलाते तथा उन्हें पंचतंत्र की कहानियाँ सुनाते सुमिधा को देखकर घर आई प्रज्ञा बोली, ''यार, अभी भी तेरा बचपन चल रहा है।'' ऐसे सवाल के लिए मानो सुमिधा तैयार ही थी। इमोशनल होकर बोली, ''सच पूछो तो मेरा बचपन अभी शुरू हुआ है—आज भी मेरा मन मेरे बचपन के गलियारे में घूमना चाहता है। इन तीनों बच्चों को पैदा करना, इन्हें पालना, इन्हें स्कूल भेजना, फिर इनके आने का

इंतजार करना, मुझे कितना सुकून देता है, यह तुम सोच भी नहीं सकती। और तो और मैं तो यादों की फिसलपट्टी पर फिसलती न जाने कितनी दफा पूने में पढ़ने गए अपने बेटे को याद करती हूँ। मुझे तो यह भी डर बना रहता है कि कोई मेरी ये प्यारी यादें मुझसे चुरा न ले इसलिए तो यह यादों का बक्सा मैं केवल रात को ही खोलती हूँ।'' प्रज्ञा अब सोच रही थी जवानी भली या कि बचपन। पर सुमिधा से मिलने के बाद उसे लगा कि जिंदगी के सभी पड़ाव सुंदर होते हैं। जरूरत इस बात की है कि उन्हें मिल-जुलकर पार किया जाए।

~***~

## एक नया युद्ध

पारिवारिक मनमुटाव के माहौल को देखते हुए दादाजी ने प्रवीण को समझाना चाहा, ''बेटा रिश्ते बनाने में पीढ़ियाँ लग जाती हैं पर जरा सा मनमुटाव इन रिश्तों को खत्म कर देता है। अत: हमें संयम से काम लेना चाहिए।'' यह सुनकर एक लंबी साँस लेकर प्रवीण बोला, ''जिस रिश्ते में मिठास न हो उसकी सूखी गुठली को चूसने से क्या फायदा। दादाजी जिस रिश्ते में पहाड़ी झरने सा प्रवाह ही न हो वहाँ तो कुत्सित विचारों की गंदगी जमा होगी ही। यहाँ बात जरा सी नहीं है, यहाँ तो छल-कपट पर आधारित पूरा-का-पूरा महाभारत ही लिख दिया गया है, अत: अच्छा होगा कि घर में एक नया युद्ध हो, उससे पहले ही रिश्तों की झूठी सारी कहानी यहीं खत्म कर दी जाए।''

उधर से छोटा भाई प्रणय बोला, ''चिंता न करें दादाजी, सरल हृदय कहीं, पर भी रिश्तों का निर्माण कर लेता है। वे रिश्ते चाहे दोस्ती के हों या पड़ोस के या फिर व्यापारिक होंगे पर उनमें कुछ तो सच्चाई होगी।''

~***~

## आओ बनाएँ एक नई प्रजाति

उस दिन बाल सुधार गृह में बच्चों की सूनी तथा खोई-खोई आँखें देखकर मेरा मन पिघलने लगा। मन में सवाल उठा, ''कहाँ से आते हैं ये बच्चे,

कौन बोता है विष बेल इनके जीवन में, क्यों ये किशोर इतनी आपराधिक प्रकृति के हो जाते हैं? छोटी थी तो सोचती थी, बच्चे प्रेम से उपजते हैं, भावनाओं से उपजते हैं। लेकिन यह क्या, ये तो संवेदनाओं से शून्य, सपनों से रहित हैं। समाज में आतंक फैलाए हैं अगर ये प्यार से पैदा होते तो इन्हें क्यों यहाँ आना पड़ता। मुझे लगता है कि एक बच्चे को जन्म देने के लिए, प्यार और विश्वास की आवश्यकता होती है पर अफसोस कि वे पैदा हुए हैं मजबूरी, जरूरतों तथा मर्दानगी साबित करने के लिए। इसलिए शायद प्यार और संस्कारहीन ये बालक न केवल अपना बचपन निगल डालते हैं, बल्कि सोसाइटी में भी आतंक फैलाते रहते हैं। इनकी सूनी आँखों में कोई सपने नहीं और आर्थिक अभाव में उनके कोई अपने नहीं।

मन में हूक उठी, साथ ही एक विचार आया कि क्यों न इन बच्चों की मासूमियत लौटाने के लिए जंगल की ओर लौट जाएँ, जहाँ किसी मृग शावक की आँखों से भोलापन चुराया जाए, ताकि इस दुनिया में बच सके, गुड्डे-गुड़ियाँ, झूले पार्क और खिलौने!

अगर दुनिया बचानी है तो हमें पैदा करनी होगी और मोहब्बत बेदर्द दिलों में ताकि पैदा हो सके इनसानों की एक नई प्रजाति, जिसका स्रोत होगा, पति-पत्नी के बीच पनपा प्यार और विश्वास।

~***~

# तेज बहू

ससुराल आई नई बहू को दबाने के लिए कभी श्‍वसुर, 'क्या यह चीज मैके से लाई हो' तो कभी सास, 'क्या वह चीज मैके से लाई हो' का उलाहना दिया करते थे।

त्रस्त होकर एक दिन बहू चिल्लाई, "तुम सबको भी तो मैके से लेकर नहीं आई हूँ।"

सुननेवाले अधिकांश लोगों ने कहा बहू बड़ी 'तेज' आई है।

~❋❋❋~

# ओ बसंत !

बसंत, ओ बसंत! तुम्हीं को पुकार रही हूँ मैं, इतने सालों से, कहाँ चले गए थे, तुम्हारे बिना न सरसों फूली न गेंदा, हर तरफ जरबेरा ही जरबेरा का साम्राज्य है। तुम्हारे वियोग में हर तरफ स्त्री-पुरुषों ने रंग-बिरंगे कपड़े पहनने शुरू कर दिए हैं, अब कहीं पर भी रँगरेज पीले कपड़े रंगते दिखाई नहीं देते हैं। फिर अपने बच्चों को क्या बताऊँ 'तुम कौन हो' और क्या है तुम्हारा चरित्र, कैसे लगते हो तुम। तुम्हारा आगमन न होने से अब तो बसंती हवाओं ने भी हँसना छोड़ दिया दिया है। वेलेंटाइन का मतलब समझनेवाले बच्चों को बसंत का मतलब समझा-समझाकर मैं थक चुकी हूँ। जाने इसमें तुम्हारा दोष है या फिर लोगों की उपेक्षा से

आहत तुम खुद ही दूर जा छिपे हो या फिर सुदूर देशों की यात्रा पर अकेले ही रतिक्रीड़ा के लिए आकुल युगलों की जुगलबंदी के लिए चल पड़े हो। धन्य हो बसंत देव, धन्य हो।

~***~

## सोचो जरा

टी.वी. पर ज्ञान गुरु प्रोग्राम आ रहा था। मैं अपनी चार साल की पौत्री सुरुचि के साथ प्रश्नोत्तरी देखने में मगन थी, तभी प्रस्तोता ने एक प्रश्न किया—"किस पौधे के सुबह-सुबह दर्शन करने से पापों का नाश हो जाता है।" सुरुचि तपाक से बोली, "दादी, दादी, आदमी पाप क्यों करता है और अगर करता है तो बार-बार तुलसीजी के दर्शन क्यों करता है।" मैं उसकी बात सुन, एक बार फिर नए सिरे से विचार करने लगी।

~***~

## मैं छोटी भली

अपनी वही मोहक मुसकान तथा वही हँसता-मुसकराता चेहरा लिये नम्रता लेबर रूम की तरफ तेजी से बढ़ी जा रही थी, जींस-टॉप तो बाहरी आवरण था पर उसके व्यक्तित्व में भी गजब का वह आकर्षण था, जो पुरुषों को ही नहीं स्त्रियों को भी आकर्षित करता था। तभी तो उसे आता देख रिसेप्शनिस्ट ने वार्डन से कहा, "कितनी स्मार्ट है यह लेडी।" वार्डन ने सहमति में सिर हिलाया और बोली, "जानती हो, यह होने वाले बच्चे की नानी है, यह सुन रिसेप्शनिस्ट को विश्वास ही न हुआ।

सच्चाई को जानने के लिए उसने पास पड़े सोफे पर बैठी नम्रता से होनेवाले बच्चे से उसके रिश्ते के बारे में जानना चाहा। यह जानकर कि बच्चा उसकी बेटी का है, वह आश्चर्य विस्मित नेत्रों से उसे देखने लगी। उनका आशय समझ नम्रता स्मितभाव लिये मुसकराई और बोली, "बड़ी महँगाई है भाई, फिर फ्री में मिलनेवाली मासूमियत को क्यों छोड़ा जाए। नहीं, मैं तो इसे पकड़े रहूँगी।" कहकर खिलखिला पड़ी। आगे वह बोली, "बड़ा

तो सभी बनते हैं, बड़ा बनकर क्या करूँगी। मैं छोटी ही भली, कह रहस्यमयी मुसकान लिये वह वहाँ से चली गई।''

~***~

# बेचैन आत्मा

सभी को समान रूप से प्यार और इज्जत देनेवाले शहर के प्रसिद्ध फिजीशियन डॉ. मित्तल का कुछ ही समय पहले देहावसान हो गया था।

आज उनके घर में उनकी तेरहवीं का अनुष्ठान चल रहा था। तेरहों ब्राह्मणों को भोजन करवाने के उपरांत मृतात्मा की शांति के लिए दक्षिणा देते समय डॉ. साहब का छोटा भाई लोटा-धोती के अलावा प्रत्येक ब्राह्मण के हाथ में पीले रेशमी कपड़े में लिपटी एक मोटी पुस्तक भेंटस्वरूप देता जा रहा था।

उस पुस्तक को देखकर ब्राह्मणों के बीच जिज्ञासा उठी, भला यह क्या है? अब तक लोगों के बीच आपस में फुसफुसाहट भी बढ़ चुकी थी। किसी विद्वान् को समझ में नहीं आ रहा था कि लोटा-धोती तथा दक्षिणा के अलावा इस मोटे ग्रंथ को देने का क्या प्रयोजन हो सकता है।

दक्षिणा में कोई कीमती चीज न मिलने पर पंडितों के बीच में भी अब तक फुसफुसाहट बढ़ गई थी। किसी ने कहा, 'गीता है' तो कोई 'रामचरितमानस' होने का अनुमान लगा रहा था। तीसरा बोला, शायद 'गरुड़ पुराण' देकर यह यजमान हमारा मजाक उड़ा रहा है। यह सुन, उनमें से एक अधीर ब्राह्मण ने आखिरकार ग्रंथ खोल ही डाला। अपने हाथों में 'वात्स्यायन का कामसूत्र' की प्रतियाँ पाकर सभी पंडित समवेत स्वरों में मुखरित हो तेजी से बोले, ''क्या मजाक है, क्या वक्त आ गया है, लोग ऐसे समय में भी मजाक करने से नहीं चूकते? आप लोगों को कुछ तो गंभीरता धारण करनी चाहिए।''

डॉक्टर साहब का छोटा भाई एक पल को रुका, फिर कुछ गंभीर मुद्रा में बोला, ''भइया-भाभी के बीच हमेशा वैचारिक मतभेद बने रहे, जिसके कारण शादी के कुछ महीनों बाद ही भाभी भइया से रुठकर मैके चली गईं।

''भाभी का जाना भइया बरदाश्त नहीं कर सके और हार्ट अटैक के चलते उनकी मृत्यु हो गई। इसीलिए, आप लोगों को उपहारस्वरूप यह पुस्तक भेंट कर रहा हूँ, जिससे मेरे भाई की दिवंगत आत्मा को शांति मिल सके। मेरे विचार से भइया की पिछली परिस्थितियों को देखते हुए आप लोगों को भेंट करने के लिए इससे अच्छी वस्तु भला और क्या हो सकती है, अत: प्रेमपूर्वक पुस्तक को स्वीकारें।''

यजमान के वक्तव्य को सुनकर सभी पंडित बिना एक भी शब्द कहे वहाँ से चले गए।

~***~

## चोला उतार दो

एक बार लैपटॉप की विंडो पर बीमार कुम्हलाई, आत्महीनता की शिकार हिंदी से अंग्रेजी टकरा गई।

नमस्ते, हाय, हैलो के बाद जब अंग्रेजी ने उसका हाल-चाल जानना चाहा, खिन्न-सी उदास स्वर में वह बोली, ''ज्यादा बन मत, सौत बन गई है तू मेरी, इसी कारण आज मेरी यह दुर्दशा हुई है। पढ़ा-लिखा तबका तेरे सामने मुझे महत्त्व ही नहीं देता। तू बनी युवाओं की 'लिव इन रिलेशन पार्टनर' और मैं साहित्य की पहली पत्नी बन उसके बच्चे सँभाले मरी जा रही हूँ।'' यह कहते हुए उसका गला दु:ख के मारे भर आया।

बड़े आत्मविश्वास के साथ अंग्रेजी बोली, ''बड़ी कंजरवेटिव हो यार,

वक्त के बहाव को क्यों नहीं पहचानती! क्यों नाहक मुझे दोष देती हो; युवा बाहुल्य देश में युवा जिस भाषा में कंफर्टेबल होंगे, उसी की तो उपयोगिता होगी। मैं तेरे अस्तित्व पर उँगली नहीं उठा रही, मैं तो चाहती हूँ मेरी तरह तू भी हँसे-मुसकराए और समृद्ध बने और यह तभी संभव हो सकता है, जब तू युवाओं को ध्यान में रखकर देवनागरी का चोला उतार हँसते हुए लैटिन भाषा की लिपि को स्वीकार कर ले, अन्यथा संस्कृत के समान एक दिन तू भी खत्म हो जाएगी।''

शंका में भर हिंदी ने आवाज उठानी चाही तो उसका आशय समझकर इंग्लिश बोली—''हिच मत कर। बाहरी आवरण बदलने से कोई आत्मा थोड़ी न मर जाती है, फिर भी तो तू ही अधिकांश हिंदी भाषा-भाषियों के दिलों की रानी होगी। देख, जब साड़ी की जगह जींस, टॉप तथा ओपन शोल्डर गाउन पहने जा सकते हैं; जब टेस्ट ट्यूब बच्चे पैदा किए जा सकते हैं; जब बच्चा सरोगेटमदर की कोख में पलकर जन्म ले सकता है; जब लाख प्रयासों के बावजूद गंगा मैली हो सकती है; लाख आध्यात्मिक प्रवचन के बावजूद आदमी धूर्त और निकम्मा हो सकता है तो तू भी नए रूप में आ सकती है।''

न जाने क्यूँ, अब की दफा हिंदी को अंग्रेजी अपनी सौत की जगह अपनी दोस्त अधिक लग रही थी। और मन-ही-मन उसने आज एक नया प्रण ले डाला था।

~ * * * ~

## पड़वा

''क्या हुआ, क्यों परेशान हो, अरे, इस बार भी 'बेटा' हो गया, चार दिनों से ज्यादा न बचेगा। इसे दूध ही नहीं देंगे, जब यह किसी काम का ही नहीं तो इसे दूध पिलाकर क्या करेंगे हम।''

बेटी के सोहर में पड़ी सुरभि ने खिड़की से बाहर झाँककर देखा, मुस्ताख दूधवाला अपनी पत्नी शमाँ से चिंतातुर हो बातें कर रहा था। उसको समझते देर न लगी क्रि उनकी गाभिन गाय ने इस बार भी बछड़ा दिया है। शायद

इसीलिए वे अपने दुर्भाग्य से छुटकारा पाना चाह रहे थे। एक वह है कि बेटी जनने के अपराध में भूखी-प्यासी, सुबह से सोहर में पड़ी, खुद पर ही तोहमत लगाए जा रही है।

तभी उसका आत्मज्ञान जागा—देखो, बेटा बुढ़ापे का सहारा होता है। इसीलिए हमें बेटियाँ भारी लगती हैं और उधर जानवरों में पड़वा (बछड़ा) दूध नहीं दे सकता, इसीलिए घोसी को भारी है। उसने एक लंबी साँस भरी, वाह री दुनिया! क्या गणित का जोड़-घटाना पाया है, जहाँ इनसानियत भी मर जाती है। तभी बगल में पड़ी बच्ची के लिए उसके मन में मातृत्व जागा, उसे छाती से दूध पिलाकर निश्चिंत होकर वह सो गई।

~ * * * ~

## एक टिकट—दो पिक्चर

चारों तरफ निस्तब्ध सन्नाटा। हाय! यह क्या हो गया—

उस घर की छोटी बहू, जो पिछले ही साल ब्याहकर उस घर में आई थी, ने आज पंखे से लटककर आत्महत्या कर ली थी।

पड़ोसियों में फुसफुसाहट थी। अलग-अलग लोग अपने-अपने अनुभव के आधार पर कयास लगा रहे थे। जिस घर में इतनी आत्मीयता—जहाँ जेठ-ससुर का फर्क न रहे, कौन किसकी बेटी, कौन किसका बाप, कोई न जान सके। अपनेपन का तो यह आलम था कि सोते-बैठते कोई भी किसी भी परदे की बेगम के कमरे में जाने को आजाद था, अन्यथा भेद-भाववाली बात की तोहमत जो लग जाती। लेकिन हाय रे दुर्भाग्य! उस घर में कभी कुछ ऐसा भी हो सकता था, कोई सोच नहीं सकता था।

पुलिस तहकीकात के बाद अखबार में खबर छपी कि 'पति के भाभी से नाजायज संबंधों की वजह से पत्नी ने आत्महत्या कर ली।'

परंतु पोस्टमार्टम रिपोर्ट में बदन पर पड़े जेठ के नाखूनों के निशान को लोग नजरअंदाज कर गए।

देखा, न निभा पाने का मजा! जेठानी आज भी एक टिकट से दो पिक्चर

देख रही है और देवरानी अर्थात् उस घर की छोटी बहू घर की परंपरा न निभा पाने के कारण बिना पिक्चर देखे ही परलोक सिधार गई।

~***~

## जी चाचाजी

दो सगे भाइयों के बीच रिश्तों में आई खटास को कम करने के लिए, उनको समझाने के लिहाज से पड़ोस के गुप्ता अंकल बोले, ''बेटा चाहे जो हो, वक्त पर भाई ही भाई के काम आता है—चाहे तुम लोग कितने भी बँटवारे कर लो; क्या कभी उँगली से नाखून दूर हुआ है।''

मन-ही-मन मोनी सोच रहा था—'कैसी घिसी-पिटी बात कर रहे हैं चाचाजी। नाखून में तो जान नहीं होती, पर यहाँ पर तो मामला ही जान-माल पर आ अटका है, बड़कू से फिर से रिश्ते सुधारकर मैं अपने भविष्य का शत्रु तैयार नहीं कर सकता।

आज बढ़ते हुए वैज्ञानिक युग में जब लोगों की शक्लें तक बदल जाती हैं फिर रिश्ते तो फिर रिश्ते हैं, जो जीवन भर रिसते हैं। तड़पकर जीने से अच्छा है कि सर्जरी कर इन नाखूनों को उँगलियों से दूर कर दिया जाए।

पर, बड़ों के प्रति आदर-भाव के कारण वह ''जी चाचाजी'' से ज्यादा कुछ न कह सका।

~***~

## अमृतपान

गाँव में बाढ़ आई हुई थी। गंगा का पानी रेती को पार करते हुए बड़े भीषण तरीके से आस-पास के गाँवों को अपनी लहरों में समेटता हुआ आगे बढ़ता जा रहा था। सात साल के पुतवा को कमर पर उठाए दूसरे हाथ से गृहस्थी का सामान बटोरे, सुखई अपनी बीस दिनों की जच्चा, पत्नी तथा नन्हे बच्चे को किसी तरह सभाँलते हुए गाँववालों से खचाखच भरी नाव में जैसे-तैसे जा बैठा। पार जाते-जाते फिर से काली बदरी घिर आई, आज तो आकाशी

बिजली तांडव करने के लिए बड़ी जोर से मचलती दिखाई दे रही थी। पार होते-होते अँधेरा भी छाने लगा था। अब तक तो सुखना भी थकने लगी थी, दोनों बच्चों का हाल भूख से बेहाल था। ऐसे कठिन समय में सुखई अपने बारे में तो क्या कहता—वह तो किसी खाली कुटिया की तलाश में तेज कदमों से आगे बढ़ा जा रहा था, उसकी चाल की तेजी देखकर ऐसा लग रहा था कि किसी राजा के समान उसे किसी दूसरे राजा का किला फतह करना है।

सामने दिखाई दे रही एक टूटी-फूटी कुटिया को देखकर उसकी जान-में-जान आई। बड़ी आस से उसने दरवाजा खटखटाया। बहुत देर तक कोई जवाब न पाकर माचिस की तीली जलाकर उसने दरवाजा ठेला अंदर का दृश्य देख उसके पाँव ड्योढ़ी पर ही ठिठक गए। एक आदमी सूखा रोग से ग्रसित बीमारी की हालत में भूखा-प्यासा अंदर अकेला पड़ा लंबी-लंबी साँसें ले रहा था, पर कोई दूसरा ठौर न देख उस रात उन्होंने वहीं बिताने की ठान ली। अब तक बच्चे बुरी तरह से भूख से बिलबिलाने लगे थे।

चूल्हा जलाने के खातिर लकड़ियाँ बीनने के लिए सुखई पत्नी-बच्चों को वहीं झोंपड़ी में टिकाकर जल्दी से दौड़ पड़ा।

अब तक सुखना नवशिशु को अपने दूध से लगा चुकी थी। थकावट के मारे पुतवा की भी आँखें रह-रहकर बंद हुए जा रही थीं। तभी उस आदमी के प्यास के मारे कराहने की अवाज सुनकर वह चौंकी, बड़ी मुश्किल से मोमबत्ती की रोशनी में नजर घुमाई तो कहीं भी पानी का घड़ा पड़ा हुआ दिखाई न दिया। प्यास के मारे तो उसका भी गला सूखा जा रहा था। आदमी ने किसी तरह करवट बदली और कुछ तेजी से फिर से कराह उठा। ऐसा लगता था कि उसे बाहरी लोगों का झोंपड़ी में होने का एहसास हो गया था। बराबर आती उसके कराहने की आवाज सुन अबकी सुखना से रहा न गया। उसके मन में गहरी करुणा जाग उठी। उसकी प्राण रक्षा के लिए उसने अपना अमृतपान करवाने का प्रण ले डाला।

~✻✻✻~

## आसमान से झाँकती बुढ़िया

गाँव में फसल कटाई का समय चल रहा था। तभी उस घर की बीमार बुढ़िया चल बसी। बरबादी के भय से बेटे, बहू ने सिर पीट लिया। बहू बोली, "मरकर बुढ़िया ने न जाने किस जन्म का हमसे बदला लिया है, अब कौन इसे बाँधे और कौन रोए।" सब लोग खेतों में व्यस्त थे, जैसे-तैसे चार लोगों ने बुढ़िया को कंधा दिया और दाह-संस्कार के लिए ले गए। बारह दिनों तक घर में सभी को यही शिकायत थी कि बुढ़िया धोखा देकर चली गई। किसी ने उसकी याद में एक आँसू न बहाया, यह देख आसमान से झाँकती बुढ़िया खुद ही अपनी मौत पर रो पड़ी।

~***~

## कुछ तो नहीं किया

सुप्रीम कोर्ट के जज ने सामूहिक बलात्कार के आरोपी पाँचों अपराधियों को आजीवन कारावास की सजा सुनाते हुए कहा, "आपको मालूम होना चाहिए कि औरत देवी है, औरत पूज्य है, वह प्यार है, करुणा है, वात्सल्य है, वह ममता की साक्षात् मूर्ति है, जो रिश्तों को जोड़ती है, सँजोती है। और सबसे बड़ा रिश्ता है 'माँ' का जो अपने बच्चों पर अपना सर्वस्व न्योछावर कर सकती है, ऐसी वात्सल्यमयी देवीय-स्वरूपा शक्ति के साथ ऐसा वीभत्स कृत्य कर तुम लोगों ने यह क्या कर डाला—उनमें से एक

अपराधी कसकर हाथ आगे की ओर घुमाते हुए ढिठाई के साथ जोर से चिल्लाया—"क्या कर डाला? वही किया, जो परदे के अंदर और परदे पर सभी करते हैं, हम भी तो उसे माँ ही बनाने की कोशिश कर रहे थे।" वह दुर्दांत अपराधी अभी भी जोर-जोर से चिल्लाए जा रहा था।

~***~

## बदनसीब

हमेशा अपने दुर्भाग्य को रोनेवाले तथा अपने सुख-दुःख में अनुपस्थित चचेरे भाई को पुनः अपनी बदनसीबी पर झींकते देख आखिरकार आज शिवा को गुस्सा आ ही गया। संयत होने का प्रयास करते हुए वह बोला, "बुरा न मानना भाई—बदनसीब वे नहीं होते। जिनके पास रहने को छत नहीं, पहनने को कपड़े नहीं, खाने को अन्न नहीं होता," कुछ रुककर आगे वह बोला, "बदनसीब तो वे होते हैं, जो हमेशा सहायता के लिए तत्पर, साधनसंपन्न बंधु-बांधवों से ईर्ष्या करते हैं।"

यह सुन झींकू दाएँ-बाएँ बगलें झाँकने लगा। आज उसे पता चल चुका था कि करुणाशील लोगों के विचारों में कितनी गहराई होती है, इसीलिए आज वह शिवा से आँखें नहीं मिला पा रहा था।

~***~

## लब छलक उठे

लंबा डंडा हाथ में लिये वह कैंपस में बड़ी तन्मयता के साथ झाड़ू लगा रही थी। बाहर आकर शालू ने उससे कहा, "काम खत्म करके अंदर आकर चाय-नाश्ता कर लेना। कुक से कह दिया है वह तुम्हारे लिए गरम चाय बना देगी। और हाँ, बरतन अपने सीढ़ी के नीचे से उठा लाना।" उसने भी हाँ में गरदन हिला दी और फिर से बाहर सफाई में मगन हो गई। तभी बगल के फ्लैट में रहनेवाली मिसेज शार्लिन का हाथ अपने कंधे पर पाकर वह चौंक गई।

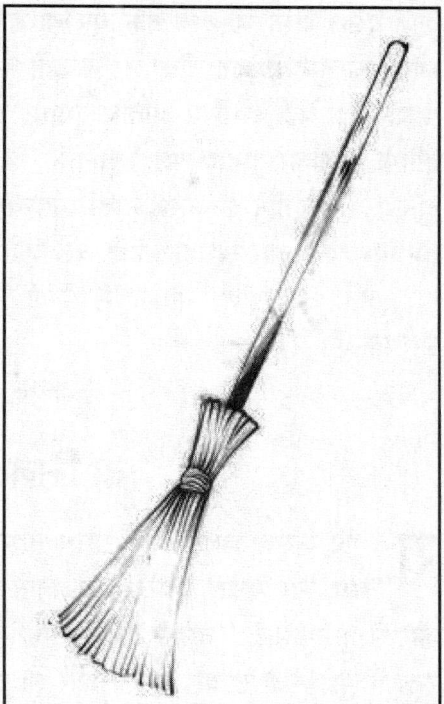

शार्लिन ने कहा—"कैसी हो? वह मुसकराई" जैसे उसे कोई बहुत बड़ी नियामत मिल गई हो। शार्लिन बोली—"आज जरा कमरों में झाड़ू-पोछा कर देना," "जी, आई मेमसाहब! कहकर उसने अपना उल्लास दिखाया और जल्दी से बाहर झाड़ू लगा, झाड़ू-पोछा करने के लिए फ्लैट में घुसने जा रही है, दूर खड़ी शालू ने देखा कि अब तो वह बड़े गर्व के साथ शार्लिन के पास खड़ी हँस-हँसकर ऐसे बातें कर रही है, जैसे उसने सारा जहाँ पा लिया हो। उस वक्त शालू समझ नहीं पा रही थी कि चाय से ज्यादा आज उसे काम क्यों भा रहा है—क्यों आज उसके होंठ इतने मुसकरा रहे हैं—जो बार-बार छलक जाना चाहते हैं। पर कुछ तो हुआ होगा। जो आज उसके लब छलक-छलक जा रहे थे।

~***~

## ब्रांड ऐंबेस्डर

दो दोस्त आपस में बातें कर रहे थे। एक ने कहा, "लोग वेदशास्त्रों की चाहे जितनी बातें करें, पर बदले हुए माहौल में हमें इनका अंधानुकरण भी नहीं करना चाहिए," इस तरह से बात चलते हुए 'अतिथि देवो भव' पर आकर रुक गई। पहला दोस्त बोला, "ऐसे हर किसी को देवता बनाकर यदि घर में पनाह देने लगे तो हो गई छुट्टी।"

दूसरा दोस्त जो अब तक चुप था बोला, "बाहरी स्तर पर अधिकांश लोगों को तुम्हारी बात ठीक लग सकती है, पर गहराई से विचारने पर तुम पाओगे कि सही अर्थों में अतिथि तुम्हारे 'ब्रांड ऐंबेस्डर' होते हैं, जो बाहरी दुनिया में जाकर तुम्हारा यश फैलाते हैं। अतः इनसे अच्छा बरताव करने पर दुनिया में यश होने के कारण तुम्हारे महत्त्वपूर्ण काम बनते चले जाते हैं और तुम खुशहाल, और खुशहाल होते चले जाते हो।"

अतः अधिकांश मामलों में मैं तो 'अतिथि देवो भव' बात का पूर्ण समर्थक हूँ।

~***~

## दो मिनट

रात गए करवटें बदलते हुए सौरभ ने माला को आगोश में भरकर कहा, "बस, 'दो मिनट' " सेक्स से अतृप्त माला दूर हटते हुए, नाराज होकर जोर से फुसफुसाई, "तुम्हारे दो मिनट से ही तो मैं थक गई हूँ, मैगी समझ रखा है मुझे—जो खाया, निगला और सो गए। नहीं चाहिए मुझे तुम्हारे 'दो मिनट'।" नाराजगी जताती वह आगे बोली, "सारी कहानी तुम्हारे इस दो मिनट में ही आकर अटक जाती है। माँ तो कहती थी, पति-पत्नी तो दाल-भात होते हैं, जिनको खाने-पकाने में कुछ तो वक्त लगता है। तुम्हारी इस तेज रफ्तार दुनिया में दो मिनट का चक्कर तो मेरा दम ही घोंट डालेगा," यह कहकर वह सुबकने लगी। सौरभ भी उस समय खुद को ऊहापोह की स्थति में पा रहा था।

~***~

## बतियाते अक्षर

वसीयत के पन्नों के अक्षर आपस में बातें कर रहे थे, तभी शब्द 'दीनदयाल' वसीयत में से निकलकर बाहर आए। पास खड़े दीपक को आशीर्वाद देते हुए बोले, "बेटा तेरी मनवांछित इच्छा पूरी हो," न जाने क्यूँ आज 'दी'

से लेकर 'ल' तक के पाँचों अक्षरों का सारा वात्सल्य ही दीपक पर टपक पड़ा जा रहा था।

तभी वसीयत के पन्ने जोरों से फड़फड़ाए—जैसे मन में कोई तूफान लिये खड़ा हो, फड़फड़ाकर कुछ समय बाद खुद ही शांत हो गए। दीपक के मन का तूफान तो अभी भी उफान पर था। हिकारत से बिस्तर पर बीमार पड़े पिता दीनदयाल की ओर देखकर मन-ही-मन झल्लाते हुए वह सोच रहा था—"जो मैं चाहता हूँ, वो सब कहाँ पूरा होता है।"

मन का तूफान तो अभी भी उफान पर था। कोई नहीं जानता था कि बेटा बाप की मौत चाहता था, जिससे बची जिंदगी वह चैन से जी सके।

***

## भाग्य या करनी

एक परिवार में शादी लायक कई जवान बच्चे कुँवारे ही बैठे थे। परेशान हो परिवारवाले इसे 'भाग्य' का दोष बताते तो कोई करनी का और ज्यादा सयाने लोग इसे पितृदोष बताते। हर किसी के पास अपनी-अपनी कहानी थी। चार-पाँच साल और निकल गए, पर बात न बनी। अब तो वो एक-दूसरे पर ही आरोप-प्रत्यारोप करने लगे थे।

इस विषय में समाज में जब कानाफूसी होने लगी, तब एक सयाने बुजुर्ग बोले, "रिश्ते सँभाले थे कभी। जो आज रिश्तों की बात करते हैं।"

***

## डिलेवरी पेन

लेबर रूम में 'डिलेवरी पेन' से तड़पती पत्नी ने चुपके से मौका पा पति से कहा, "देखो, कितना कष्ट होता है एक औरत को माँ बनने में, शायद इसीलिए माँ बच्चों के लिए पूज्य होती है।"

पत्नी की पीड़ा तथा संवेदना से कुछ नावाकिफ असंवेदनशील पति बोला—"ऐसा तो हर औरत करती आई है, इसमें नया क्या है।"

यह सुन, पपिहा की आँखों से अनवरत आँसू गिरने लगे। धीमे से

तड़पकर बोली, "सबके बच्चे जनने का मतलब दर्द का कम हो जाना तो नहीं है।"

पास बैठे परिवारवालों ने समझा कि लेबर पेन बढ़ गया है, पर वे नहीं जानते थे कि 'दिल का दर्द' भी आज आँसू बन साथ-साथ बह रहा था।

***

## पर उपदेश कुशल बहुतेरे

टेलीविजन पर बाबाजी प्रवचन दे रहे थे—"अपनी इंद्रियों को वश में कर के निष्पृह हो, हम सभी को कामना रहित होकर सांसारिक कार्यों का निर्वाह करना चाहिए। आगे वे बोले, "सभी बुराइयों की जड़ें हमारे अंदर की दमित वासनाएँ हैं। सारे पापों का कारण क्रोध को अपने अंदर दबा लेना है और अहंकारवश हम निज दोष दर्शन में असमर्थ हो जाते हैं, अत: ऐसी क्षुद्र मानवीय कमजोरियों का परित्याग किए बिना हमारा सुखी रहना असंभव है।"

आई.आई.टी. का विद्यार्थी मनुज, जो होस्टल के कमरे में कपड़े बदलते हुए बाबाजी का प्रवचन बड़ी देर से सुन रहा था, जैकेट पहनते हुए एक क्षण रुककर चुटकी लेते हुए बोला, "अच्छा! ऐसा है क्या—सच कितने अज्ञानी हैं हम सब जो इतना भी नहीं जानते, पर बाबाजी यह भी सच है, हम वो सब जानते हैं, जो आप भी नहीं जानते।" कुछ क्षण रुककर—"वैसे क्या पढ़ाई-लिखाई की हैं आपने—जिंदगी भर लोगों को सुझाव ही दिए हैं या फिर कुछ किया-धरा भी है।" कहकर, दोस्तों की तरफ देखकर हलका सा मुसकरा दिया।

***

## वो बूढ़ा आदमी

वो बूढ़ा आदमी सरकारी अस्पताल के गलियारे में अर्ध-बेहोशी की हालत में अकेला पड़ा तड़प रहा था। आने-जानेवाले अपने-अपने मरीजों की तीमारदारी में भागते-दौड़ते दिखाई दे रहे थे। कुछ खोमचे वाले भी थे, जो अपनी दुकानदारी में व्यस्त थे। अस्पताल का स्टाफ तथा नर्स तो ऐसे चहलकदमी

कर रहे थे, जैसे कि वह जगह अस्पताल न होकर उनकी सैरगाह हो।

किसी को भी बूढ़े लाचार पर दया नहीं आ रही थी। अलबत्ता दो वफादार कुत्ते अपनी वफादारी का सबूत देने के लिए पास पड़े पत्ते चाट रहे थे।

मुझे बूढ़े के प्रति लोगों का रूखा व्यवहार देखकर बहुत बुरा लग रहा था। करुणा वश मैं इनसानियत के नाते वहाँ पहुँचा, सहानुभूति दिखाते हुए उसका हालचाल पूछने लगा।

चिड़चिड़ाते हुए पास पड़ी डंडी उठाकर उसने मुझ पर वार करना चाहा, मानो कहना चाह रहा हो—चला आया एक और तमाशबीन। फिर क्रोध भरी आँखों से उसने मुझे ऐसे देखा कि मानवता भूल मैं वहाँ से उड़न-छू हो गया।

उस समय मैं सोच रहा था—इतना बूढ़ा आदमी अगर लाचारी में इतना क्रोध अनजान लोगों पर कर सकता है। तब कहीं जवानी में अपने गुस्सैल स्वभाव के कारण तो आज अलग-थलग नहीं पड़ गया है—कहीं अपनी इस दुर्दशा का कारण वह खुद तो नहीं है—यह सोच औरों के समान मैं भी कर्तव्यबोध से रहित हो वहाँ से खिसक गया।

दूसरे दिन अखबार में, खबर पढ़ी—"एक बूढ़ा लाचार अस्पताल गेट पर मृत मिला"।

जिसके लिए अस्पताल प्रशासन को दोषी ठहराया जा रहा था।

~***~

## आज का आदर्श

कानपुर कन्या महाविद्यालय में एक अलग तरह की प्रतियोगिता का आयोजन किया जा रहा था।

शहर के लगभग सभी डिग्री कॉलेज की लड़कियाँ इकट्ठी थीं। मंच पर बैठे महानुभावों में से एक ने पूछा, "हम सभी आज आप लोगों के आदर्शों के बारे में जानना चाहेंगे, जिसका सीधा प्रसारण जी न्यूज उत्तराखंड सहित उत्तर प्रदेश के लगभग सभी शहरों में किया जाएगा।" लड़कियों के बीच उल्लास

और हलचल बढ़ गई। आखिरकार प्रश्नोत्तरी का वक्त आ ही गया। मंच से प्रश्नों की बौछार शुरू करते हुए प्रसिद्ध शिक्षाविद् ने पूछा, "आज आप लोगों की आदर्श, सीता, सावित्री अथवा द्रोपदी में से कौन है? कोलाहल को चीरती एक तेज आवाज आई, "केवल 'द्रोपदी'।" मंच—'क्यों'

क्योंकि वह अपने हक और आत्मसम्मान के प्रति जागरूक थी, एक मिनट को वहाँ सन्नाटा छा गया।

अगली बार का सवाल था—

राधा और रुक्मिणी—

निस्संदेह 'राधा' बदले हुए मूल्यों को देख तथा लड़कियों के विचारों में आए तीव्र बदलाव को देख सभा में सन्नाटा छाता जा रहा था।

अगला सवाल था—"आप लोग किस रूप में खुद को देखना पसंद करेंगी—

पन्नाधाय, रानी लक्ष्मीबाई, रानी रत्नावली या फिर कैप्टन लक्ष्मी सहगल—

बिना किसी आवाज के सन्नाटा पसरा रहा—परंतु पीछे खड़ी एक लड़की बड़ी देर से कुछ कहने के लिए उत्सुक दिखाई दे रही थी, पर सभा में सन्नाटा देख वह भी चुप हो गई।

अबकी सवाल था—

मदर टेरेसा, इंदिरा गांधी या किरन बेदी,

सभी ने अपनी-अपनी तरह से जवाब दिया।

पर सभा किसी ठोस नतीजे पर नहीं पहुँच पा रही थी। माहौल को हलका बनाने के लिए—प्रियंका चोपड़ा, सुष्मिता सेन तथा ऐश्वर्या राय के संबंध में प्रश्न पूछे गए लड़कियाँ बड़ी उत्साहित होकर अपने-अपने मत व्यक्त करने लगीं।

तभी पीछे से वह लड़की चिल्लाई, "सच पूछिए तो आज हम सभी को अधिकांश गुणों का समन्वय कर एक नए आदर्श की स्थापना करनी होगी, हम लड़कियाँ पुरानी परिपाटीवाले एक भी आदर्श को मानने के लिए अब तैयार नहीं हैं।"

शायद, अब तक सभी को उनका जवाब मिल गया था। और थोड़ी देर

बाद एसेंबली हॉल के पास चहलकदमी करते लोग तरह-तरह की बातें करते दिखाई दे रहे थे।

~***~

## कर देंगे सेवा

माता-पिता की सेवा करने के लिए भाई-भाभी को प्रोत्साहित करने की गरज से ननद ने समझदारी दिखाते हुए भाभी से कहा, ''करो सेवा मिलेगा मेवा''। भाभी भी कम चालाक न थी, तपाक से बोली, ''बहनजी! क्या करना है खाकर मेवा, वजन बढ़ गया तो मुसीबत आ जाएगी।''

ननद भाभी का मुँह देखती रह गई। इसके विपरीत, झट हाथ पसारकर दूसरी भाभी बोली, ''खिलाओ मेवा, कर देंगे सेवा।''

भाभियों की ऐसी अनोखी बातें सुन ननदजी ने वहाँ से खिसक जाना ही बेहतर समझा।

~***~

## बताशे

पंडितजी गोलगप्पेवाले से—''चल भाई, बताशे तो खिला।'' पंडितजी के चंदन लगे विशाल माथे को देखते हुए गोलगप्पेवाला कुछ हिचकिचाकर बोला, ''पंडितजी, हम रमेश जमादार के सहोदर हैं।''

पंडितजी—''ला, ला, खिला, देर हो रही है।''

बताशेवाला—''पर, पंडितजी मैं तो।''

कान को पास लाकर—"ऐ, क्या कह रहा है, हमें क्या पड़ी है" सोचकर बताशेवाला चुपचाप उन्हें बताशे खिलाने लगा।

बताशे के पैसे देकर जैसे ही पंडितजी घर जाने के लिए मुड़े, पीछे से बताशेवाले की आवाज आई—"पंडितजी, गलती से दस की जगह बीस का नोट दे दिया है आपने।"

"कैसे दे दिया?" पलटकर जल्दी में वो बोले।

बताशेवाला मसखरी कर बोला, "मैं तो आपके बहरेपन को चेक कर रहा था।"

उत्तर में बिना एक भी शब्द कहे, पंडितजी वहाँ से 'नौ दो ग्यारह' हो गए।

~ *** ~

# सयाने लोग

"सर आपकी बात ही कुछ और है। मैंने अपने जीवन में आप जैसा काबिल अधिकारी नहीं देखा। आप जैसा बुद्धिमान और सहृदय व्यक्ति तो कोई हो ही नहीं सकता।"

"अरे क्या, शर्माजी, आप तो!"

"नहीं सर, वैसे मुँह पर बड़ाई करने की मेरी आदत नहीं, पर सच्चाई तो सच्चाई है।"

"शर्माजी, आपने तो देखा ही था, मेरे आने से पहले ऑफिस का क्या हाल था।"

"वही तो कह रहा हूँ सर, आपके जैसा कर्मठ तथा अनुशासन प्रिय कौन हो सकता है भला।"

जब मैं फलाँ जगह था तो मैंने फलाना तीर मारा, जब मैं ढिमाकी जगह था तो मैंने फलानी तोप चलाई। मैंने ऐसा—मैंने वैसा…"

"जी सर, आपके सारे किस्से सुन रखे हैं हमने। आप तो आदर्श हैं हमारे, आप ये, आप वो।"

"अपना तो सीधा काम है—मेहनत और ईमानदारी से नौकरी करना।"

"सर, बाबा साहब कैसे हैं, कुछ चॉकलेट वगैरह लेता आऊँ, "अरे, नहीं- नहीं।"

"नहीं क्यूँ, अपना बच्चा है।"

"सर, मेरी पत्नी दिल्ली से साड़ियाँ लेकर आई है, साउथ की ऐसी साड़ियों का कलेक्शन यहाँ पर दिखाई नहीं देता। शाम को घर आते समय लेता आऊँ।"

"अब तुम ही बात कर लेना"।

"सर, मकराना से मार्बल मँगवाए हैं, इतने व्हाइट कलर के हैं कि बरामदे में लगाएँगे तो मजा आ जाएगा।"

"देखो, देखता हूँ।"

"सर, वो मेरे प्राधिकरण के प्लॉट का क्या हुआ?"

"हाँ, बहुत जल्दी रजिस्ट्री हो जाएगी।"

"सर, देश में भ्रष्टाचार को लेकर जो मुहिम छिड़ी है, देखा जाए तो यह हमारे देश और समाज के लिए बड़ी जरूरी है, जिधर देखो, भ्रष्टाचार फैला है, आम आदमी का तो जीना ही मुश्किल है।"

"हूँ।"

"सर, अब चलता हूँ। प्रणाम।"

ऑफिस के बाहर कैफे में, "यार कपूर, एक कॉफी तो पिला। थक गया हूँ उसकी चमचागिरी कर-करके। एक नंबर का करप्ट, हरामखोर, बेईमानों का बादशाह, चालू है वह।"

घर में बीवी की चमचागिरी और ऑफिस में बॉस की ।

तभी कॉफी आ गई और दोनों साथी कॉफी पीने लगे।

~✻✻✻~

## मुट्ठी भर आकाश

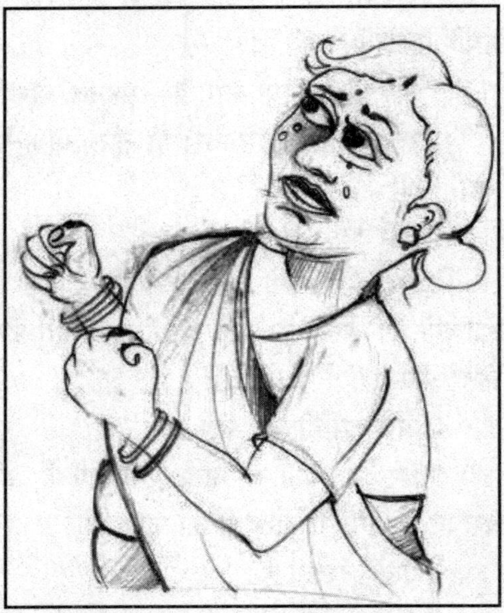

आज चुटकी चुपचाप मुँह बंद किए कमरा साफ कर रही थी। तभी सतिया ने पास आकर कहा, "का बात है—बीमार हो का, "झल्लाकर चुटकी बोली, "का बीमार, का न बीमार, बीमार शराबी आदमी को झेलना तो बीमारी से बढ़कर है। बच्चन की फीस का पैसा पीकर उड़ाना चाहत रहा, नहीं दिया, बदन की नील दिखाते हुए···हरामजादा मुगरिया से पीट दीन्हा। हम हूँ चार कंटाफ लगाए साले का।"

हमदर्दी जताते हुए सतिया बोली, "क्या करें बहन ये बच्चे, ये रिश्ते-नातों का पचड़ा जाने क्यूँ हम औरतों को ही झेलना पड़ता है।" कुछ सोचकर—"वह आसमान है और हम धरती। शायद इसीलिए धरती के समान रुँधना ही हम औरतों की किस्मत है।"

आक्रोश में आकर चुटकी बोली, "कौन सा सारा आकाश चाहत रहे हम उनसे—क्या साँस लेने के लिए मुट्ठी भर धूप और हवा पर भी अपना अधिकार नहीं है। जो आकाश छाया न दे सके, लात मारूँ ऐसे आकाश को," यह कहती हुई, वह अपने कामों में लग गई।

~✻✻✻~

## वास्तुजाल

दीप्ति इन दिनों अपने पति के साथ मॉर्निंगवॉक पर जाने लगी थी। वॉक करते समय उन्हें सामने से आते हुए वास्तुशास्त्री सुब्रह्मण्यम स्वामी दिखाई दिए। साधारण अभिवादन के बाद स्वामीजी ने उनका हाल चाल जानना चाहा। बातों के दौरान दीप्ति के पति ने उनसे बताया कि इनको आजकल नींद नहीं आती—ऐसे में क्या करूँ? शिकार को अति नजदीक आया देख हमदर्दी दिखाते हुए वे बोले—तुम्हारे शयनकक्ष की पोजीशन देखनी होगी, तुम्हारी बीमारी

का राज वहीं छुपा होगा। पतिजी ने भी सहमति से सिर हिला दिया।

खुद को वास्तुजाल में फँसते जान बीच में ही दीप्ति बोली, ''नहीं, स्वामीजी नहीं,'' पति की ओर इशारा करते हुए, ''असल बात यह है कि मुझे नींद न आने का कारण है, सोते समय इनके जोर-जोर से खर्राटों का आना। तो पहले मैं नाक, कान, गले के डॉक्टर से संपर्क कर लूँ, इसके बाद जरूरत पड़ने पर हम आपके पास आते हैं, कहकर वे दोनों वहाँ से खिसक लिये।

~***~

## गुरुपुराण

बाबाजी की आराध्य भक्ति में आकंठ डूबी, उनका गुणगान करते हुए माँजी बता रही थीं—ये बाबा बड़े ज्ञानी, परमविज्ञानी हैं, जो कोई इनके पास आता है, तर जाता है, पास बैठो तो लगता है भगवान के चरणो में बैठे

हैं। ये तो हमारे सारे दु:खों को हर लेते हैं।

आगे गुरुपुराण सुनाते हुए माँजी बोलीं, ज्ञानी तो इनकी पत्नी भी कम न थीं, पर कौन ज्यादा ज्ञानी, किसके ज्यादा चेलेवाली बात को लेकर पति-पत्नी में अकसर झपट हो जाती। रात-दिन के क्लेश से परेशान उन्होंने अलग-अलग रहने का फैसला कर डाला, अब उनकी पत्नी वृंदावन में अपना अलग आश्रम चलाती हैं। तभी अनुष्का बीच में ही दादी से बोल पड़ी, ''गृहस्थ जीवन में फेल इन बाबाओं का आप जैसे गृहस्थों के बीच क्या काम। सारी लड़ाई की जड़ तो अहंकार और क्रोध है तब हममें और इनमें क्या अंतर रह जाता है। अनुष्का का सवाल सुन कुछ समय के लिए वहाँ सन्नाटा छा गया। परंतु पीठ पीछे बड़ी-बूढ़ी औरतों को कहते सुना, बड़ी बड़बोली है, न जाने कैसे ससुराल में टिकेगी—पर अनुष्का जानती थी कि वह अपनी जगह बिलकुल ठीक है।

~***~

## जीती न मरती

उस दिन पड़ोसी शर्माजी के दाह-संस्कार के समय श्मशान भूमि में चुपचाप खड़ा मैं इधर-उधर देख रहा था, तभी सामने एक दीवार पर लिखा देखा—

''आत्मा अजर-अमर है, न कोई शस्त्र उसे काट सकता है और न कोई मार सकता है और न ही अग्नि उसे जला सकती है।''

मन-ही-मन मैं सोच रहा था, अधिकांश कुंठाओं में जीती उन स्त्रियों की तरह, जो चिंताओं से घिरी कभी ठीक से जी ही नहीं पाती हैं। फिर, ऐसी स्त्रियों का क्या जीना क्या मरना—वह जीकर भी मरती हैं और मरकर भी कभी-कभी अपने द्वारा किए गए अच्छे कामों के कारण लंबे समय तक जीती हैं।

तभी मेरी तंद्रा भंग हो गई और मैं वहाँ से चल पड़ा।

~***~

# दिल का रास्ता

उस दिन मैं अपनी सखी मिताली की बेटी मान्या से मिलने उसके घर गई। कुछ ही दिनों पहले वह अपने पति के साथ गाजियाबाद में शिफ्ट हुई थी। उन्होंने हमें चाय पर बुलाया था। फ्लैट के मुख्य दरवाजे पर पहुँचते ही हम अंदर से आती आवाजों को सुनकर ठिठककर रुक गए। किसी बात पर मान्या का पति उसपर झल्ला रहा था, हमारे आने की आहट पा एक मिनट के लिए सबकुछ शांत हो गया।

अंदर पहुँचते ही उत्तेजनावश मैं मान्या से मिलने सीधे उसके किचन में पहुँच गई। सारा किचन अस्तव्यस्त पड़ा था और हाथ में चिपके हुए आलुओं को छुड़ाते हुए वह कटलेट बनाने का निरर्थक प्रयास कर रही थी।

मुझे तीन सालों पहले मिताली के साथ घटी घटना याद आ रही थी, जब मैंने मिताली से बेटी को किचन में काम सिखाने के लिए कहा था। तब मेरी बातों को आउटडेटेड मान, बड़ी लापरवाही से दोनों ने जवाब दिया था—खाना बनाना कौन सा मुश्किल काम है, पंद्रह दिनों की कुकरी क्लासेज जॉइन कर लेंगे और सीख जाएँगे।

मैं फिर अपने आज में आ पहुँची, सामने हथेली पर बुरी तरह से चिपके आलू देख तथा पास फटे पड़े कटलेट देखकर मुझे कभी उस पर हँसी तो कभी गुस्सा आ रहा था। उधर उसके पतिदेव का पारा आठवें आसमान पर पहुँचता जा रहा था।

किसी जरूरी काम का बहाना बना मैंने वहाँ से खिसक जाना ही मुनासिब समझा।

आज मुझे समझ में आ रहा था कि क्यों बड़े लोग कहते हैं कि पति के दिल का रास्ता पेट से होकर जाता है।

~***~

# माइग्रेन

आज उर्वशी का मन बड़ा उखड़ा-उखड़ा सा था। रह-रहकर उसके मन मस्तिष्क पर विषाद के बादल टकरा रहे थे।

अकेला आदमी तो आखिर अकेला ही होता है और वह तो एक औरत थी। पति की मर्चेंट नेवी की जॉब, अकेले घर और बच्चों को सँभालना। फिर समाज के प्रति दायित्व भी तो कुछ कम नहीं होते हैं। ऊपर से घर की नई साज-सज्जा करवाते-करवाते तो उसकी कमर ही टूट गई थी। आज उसे थकान का कुछ अधिक ही अनुभव हो रहा था। तभी अचानक घर पर आए चचेरे भाई राहुल को देख मुसकराने लगी, आज चाहते हुए भी उसकी मुसकराहट में वो उल्लास न था।

राहुल के कुशल समाचार पूछने पर कुछ परेशान होकर वह बोली, "घर का इंटीरियर अकेले करवाते-करवाते तो जान ही निकल गई। तनाव के मारे आए दिन माईग्रेन भी होने लगा है। अकेले चलती-चलती थक गई हूँ मैं।" इतना कहकर वह चुप हो गई।

तभी माहौल को हलका बनाने के लिए चुटकी लेते हुए राहुल बोला, "जीजी! क्रेडिट भी तो अकेले आपको ही मिलेगा।"

यह बात सुन उर्वशी ने सुकून भरी एक लंबी साँस खींची। आज उसे अपना सिर दर्द कुछ कम महसूस हो रहा था।

~ * * * ~

# निगोड़ी आँखें

एक आदमी को आँख मारने की अजब बीमारी लग गई। वह राह चलते मुहल्ले की लड़कियों को आँख मारने लगा। शरमाकर लड़कियाँ घर के अंदर चली जातीं।

उड़ते-उड़ते जब यह बात रागिनी की माँ को पता चली, उसने उस आदमी को सबक सिखाने के लिए बड़े प्यार से उसे अपने घर में चाय पर बुलवाया। कहते हैं न—'चोर की दाढ़ी में तिनका'। इसलिए पहले तो वो

हिचकिचाया, फिर व्यापार का मामला समझ रागिनी की माँ के पास पहुँच गया। कुछ देर बाद प्लान के मुताबिक रागिनी पानी लेकर कमरे में पहुँची। आदत का मारा पहले उसने आँख खुजाई, फिर जैसे ही फड़कानी चाही लड़की की माँ बोली, ''क्या बात है बेटा—ये तेरी आँख को क्या हो गया है'' वह आदमी भोला बनते हुए आँख को खुजाते हुए बोला, ''कुछ नहीं ताई कुछ नहीं, इन दिनों आँखों में कुछ मोतियाबिंद की शिकायत हो चली है,'' फिर से आँख खुजाते हुए, ''इसीलिए टाइम-बे-टाइम फड़क जाती है।''

ताई भी कुछ कम न थी। रागिनी को इशारा कर गरम सलाइयाँ मँगाईं और उसकी निगोड़ी बाईं आँख की तरफ नन्हा गरम भाला ले यह कहती हुई बढ़ी—''ला आज तेरी इस आँख का इलाज कर ही दूँ, न रहेगा बाँस न बजेगी बाँसुरी।''

उस दिन का दिन और आज का दिन बिना इलाज के ही आँखें ठीक हो गईं।

~***~

## हम ठीक हैं

वह सीधी-सादी, भोली-भाली लड़की वान्या को घर पर बहू बनाकर ले आई। उसकी डॉक्टर मित्र ने पूछा, ''तुम्हारी बहू करती क्या है''।

उसने कहा, बड़ों को आदर और छोटों को प्यार।

बिना कोई जवाब दिए डॉक्टर काम पर लग गई।

कुछ समय बाद किटी की साथी ने पूछा, "तुम्हारी बहू की पढ़ाई कहाँ तक है," उसने कहा—"पिछले ही साल बी.बी.ए. किया है।"

जिज्ञासावश उसने जानना चाहा कि "आपके यहाँ पढ़ाई का उतना महत्त्व नहीं है।"

जवाब में उसने कहा, "नहीं रितु, ऐसा नहीं है, असल में मेरे बेटे की उम्र चौबीस साल है, अतः बाइस साल की लड़की उसके लिए परफेक्ट मैच है। दरअसल, मैं चाहती थी कि सही वक्त पर इनकी शादी कर दूँ, जिससे हमारे घर के प्रत्येक सदस्य के साथ उसका समायोजन बेहतर हो सके। उसकी बात सुन अट्ठाईस साल की पढ़ी-लिखी कुँवारी बेटी की माँ कुछ विचार में डूब गई और फिर बोली, "एक तरह से देखा जाए तो तुम भी ठीक हो, आखिरकार चाहते तो हम सभी सुख ही हैं, फिर माध्यम चाहे जो भी हो।"

एक दिन लड़कियों की नौकरी की हिमायती पड़ोसन बोली—"सारे दिन बहू को घर में घुसाकर चाकरी करवाना चाहती है, जिससे अपना कॅरियर और आजादी बरकरार रहे।"

यह सुन आज उसको गुस्सा आ गया, खुद को सँभालते हुए बोली, "सिस्टर! भविष्य में क्या करना है, यह निर्णय वान्या का है। मुझे तो जब नौकरी और संस्कार में से एक को चुनना था, तब मुझे संस्कार अधिक रास आए। मेरे इस निर्णय में आपको यदि कोई कमी दिखाई देती है तो अपने इन गुणों और सोच के साथ हम ऐसे ही भले हैं।"

यह कहकर वह बड़े आत्मविश्वास के साथ अपने घर चली गई।

इस बार नए सिरे से सोचने की बारी पड़ोसन की थी।

~***~

## समझो न!

पति देर रात गए घर आया। फ्रेश होने के तुरंत बाद पत्नी उसके लिए खाना परोसकर ले आई। साथ में खाना खाने की गरज से छोटे से कैसरोल में

रोटियाँ भी ले आई। पति टी.वी. देखता हुआ, स्वाद ले-लेकर खाना खाने लगा, तभी हाथ में पानी का गिलास लिये पत्नी कमरे में आई। किसी खास समाचार पर नजरें गड़ाए वह अभी भी टी.वी. देखने में मगन था। पति की इतनी तल्लीनता अबकी पत्नी से बरदाश्त न हुई। रुआँसी होकर बोली, ''कह नहीं सकते थे।''

पत्नी के मनोभावों से अनजान धीमे से सिर ऊपर उठाकर पति बोला, ''क्या?'' यह सुन सारे दिन पति का आसरा देखती रही पत्नी के सब्र का बाँध टूट गया।

कुछ तेज आवाज में चिल्लाई—''इसी को तो कहते हैं कि 'घर की मुरगी दाल बराबर'। आखिर जाएगी तो जाएगी कहाँ—आना तो आखिरकार इसी दबड़े में है।''

पति को अब तक पत्नी के दर्द का कुछ-कुछ एहसास हो चला था, खाना खाते हुए उसके हाथ एक क्षण को रुक गए।

बड़े प्यार से पत्नी को पास बिठाकर अगला कौर उसके मुँह में डाल दिया।

थोड़ी देर बाद फैमिली सीरियल देखते हुए वे तीनों मुसकरा रहे थे।

***

## आम

फरवरी का महीना था। पेड़ों पर आमों की बौर आ गई थी। मार्च आते आते पेड़ों पर छोटी अमियाँ भी दिखाई देने लगी थीं। कभी-कभी कोयलों की 'कुहू-कुहू' की आवाज भी सुनाई दे जाती थी। ऐसे ही कुछ मौसम में चुनावी मौसम भी आ धमका। हर तरफ 'आम' आदमी की चर्चा सुनाई दे रही थी। लटकते हुए आमों में से दो आम अति नजदीक आकर गपियाने लगे—''भाई! यह आम पार्टी क्या होती है—रही बात नाम की तो यह नाम तो हमारा पहले से ही रजिस्टर्ड है, फिर इस पर किसी और का अधिकार कैसे हो सकता है, दूसरा फुसफुसाया ''चुप रह यार। बात नाम की

नहीं, पार्टी की है।'' तो तू ही बता, ''यह आम पार्टी कहीं वही तो नहीं, जो नर्सरी स्कूलों में छोटे-छोटे बच्चों के लिए रखी जाती है।'' ''अरे नहीं भाई, यह तो एक राजनीतिक पार्टी है, जो अगली लोकसभा चुनाव के लिए खड़ी हुई है।'' ''और यह आम आदमी का नाम हमारी तरह आम क्यों है, देखो यार कभी ये भी हमारी तरह पकेंगे, फिर हमारी तरह मई तक तोड़े जाएँगे और फिर सत्ता के दीवाने चुनाव के बाद हमारी ही तरह इन्हें चूस-चूसकर फेंक देंगे। शायद इसीलिए इनका नाम आम आदमी पड़ा है,'' कहते हुए उसने अपनी बात खत्म की।

''न भाई इतना निराश मत हो।'' दूसरा आम बोला, ''आम में जो मिठास है, वह अन्यत्र कहाँ—जिस दिन तू 'आम' की ताकत और उसके गुणों को पहचान सकेगा। तब तू ऐसी बात नहीं करेगा।

~ * * * ~

## शीशा

आले में आईना रखा हुआ था, जो वक्त के साथ धुँधलाने लगा था, पर कोलीन डालकर साफ करते ही फिर से चमक जाता था। यह आईना उसके पिता का था, जहाँ खड़े होकर पिताजी रोज अपनी दाढ़ी बनाते। बच्चों

को आईना छूने की सख्त मनाही थी, भूलकर भी जब कभी वह उस आईना में झाँक लेता तो डर जाता, क्योंकि उसे वहाँ अपनी जगह पिताजी दिखाई देने लगते थे।

उसकी जिज्ञासा देख एक दिन पिताजी बोले, ''जब तुम बड़े हो जाना तो तुम इसमें अपनी दाढ़ी बनाना, यह शीशा तुम्हारे दादा का शीशा है।''

वह मन-ही-मन सोचता, जरूर इस शीशे में कोई खास बात है, अन्यथा पिताजी मुझे शीशा छूने क्यों नहीं देते।

अपने अंतिम दिनों में पिताजी को कम दिखाई पड़ने लगा था, परंतु उनका नित्यकर्म कभी बंद न हुआ। एक दिन पिताजी चल बसे, लाख कोशिश की कि वह भी दहाड़ मारकर रोए, उसे भी आँसू आएँ, पर आँख थी कि नम होने का नाम ही न ले रही थी। परिवार के लोग उसे देखकर हैरान थे।

अब वह बड़ा हो गया था, उसे पता ही न चला कि धीरे-धीरे उसने पिता का स्थान ले लिया है, रोज सुबह वह उसी आईने के सामने खड़ा होकर दाढ़ी बनाता। शुरू-शुरू में उसे उसमें से पिता का झाँकता चेहरा दिखाई दिया। वह डर गया, धीरे-धीरे उसका और पिता का चेहरा एक जैसा हो गया। कई दफा तो वह तय नहीं कर पाता था कि वह पिता की दाढ़ी बना रहा है या कि अपनी—उसे लगता आईने से निकलकर पिताजी कह रहे हैं—जरा धीरे से दाढ़ी बना, अभी गाल पर 'कट' लगा लेगा।

तुम बिलकुल अपने पिता ''पर गए हो, चेहरा-मोहरा, हाव-भाव सबकुछ तो वही है, विश्वास न हो तो फोटो में देख लो।'' पत्नी कभी-कभी मजाक में कहती।

कुछ दिनों से उसे भी धुँधला दिखाई देने लगा था, दवा लेने के कारण उस दिन देर से सोकर उठा। धुँधले शीशे को बनियाइन से साफ करने लगा; उनींदेपन में शीशा हाथ से गिरकर टूट गया, वह थर-थर काँपने लगा और छोटे बच्चे के समान वहीं बैठकर जोर-जोर से रोने लगा, जैसे उसके पिता आज ही मरे हों।

~***~

# दो कपों की बातें

रोजाना की तरह आज भी घर के मालिक-मालकिन तथा दोनों बच्चे अपने अपने ऑफिस और स्कूल चले गए थे। किचन में सन्नाटा पसरा था, कभी-कभी हलकी हवाओं का झोंका खुशबुओं के आने का संदेश दे जाता था। वैसे घर में चारों तरफ कोई दिखाई नहीं दे रहा था। हाँ, दो चूहों की जोड़ी

जरूर आटे के डिब्बे के पास धमाचौकड़ी मचा जाती थी। ऐसे अकेलेपन से बोर हो, किचन के कप आपस में बतलाने लगे। मुद्दा तो उनका भी बाइयों की तरह एक ही था—घर की 'मालकिन'।

पहला बोला, "देख यार,अपनी मालकिन है तो बड़ी अच्छी, पर कभी-कभी अजीब-अजीब हरकतें कर जाती है।" "भला वह क्या"। याद है न उस दिन जब टी.वी. रिपोर्टर इंटरव्यू लेने आया था। कैसे जोश में आकर समाजवाद की बातें कर रही थी, पर क्या तुझे लगता है कि सच में वह इतनी ही समानतावादी है।" दूसरा बोला, "बात तो तू ठीक कहता है रे! अगर हमारी मालकिन इतनी ही समानतावादी है तो हमारे इन टूटे-फूटे भाइयों को उस दिन किचन से क्यों दूर कर दिया—मुझे तो उनकी बड़ी याद आ रही है।"

दूसरा कप बोला, "बड़ा भोला है रे तू! तू नहीं जानता, अब वे मालकिन

के काम के नहीं हैं, इसीलिए कामवाली बाई तथा सफाईवाले भइया के चाय पीने के लिए उन्हें बाहर कर दिया गया है।''

~✻✻✻~

# दो मुरदे

उसे मुरदा घर में डाल दिया गया था और वह वहाँ पहले से ही औंधे पड़े मुरदे पर जा पड़ा। उसकी छाती के नीचे पहलेवाले की गरदन और सिर दबा पड़ा था। पहला मुरदा कसमसाया फिर बोला, ''जरा दूर हटो भाई! कहाँ से आए हो, और हाँ, तुम्हारी क्या जात है?''

नया बोला, ''मैं तो मुरदा हूँ भाई, मैं तुम्हें क्या दबाऊँगा, मैं तो हिलडुल भी नहीं सकता हूँ। दंगाइयों ने मुझे दंगे में मार डाला था और पुलिसवाले मुझे यहाँ लाकर पटक गए। रही बात जात की तो जात तो खुद ही मुझे मेरी पता नहीं, मैं तो अनाथाश्रम में पलकर बड़ा हुआ हूँ।''

पहला मुरदा डरकर बोला—''कहीं तुम्हारे पास हथियार तो नहीं है—मुझे पिस्तौल से डर लगता है। कहीं कोई मुझे फिर से न मार दे।''

दूसरा—''भला मुरदे को भी कोई मार सकता है और हाँ तुम्हारी कौन सी कौम है और तुम्हें मारनेवाला किस कौम का था?''

''भाई मैं तो जन्म से सूरदास हूँ, जिसे जन्म देते ही माँ-बाप ने त्याग दिया था, रही बात दंगाइयों के कौम की तो वह मैं कैसे देख सकता था।'' दूसरा मुरदा—''एक तरह से देखा जाए तो तुम्हें इस नर्क से मुक्ति मिली। एक बात बताऊँ यार, मुझे वैसे ऐसे अंधों से नफरत होती है, जिन्हें इनसानियत से ज्यादा कौम दिखाई देती है।''

अंधा हँसा—''खुद कत्ल किए गए हो, तब आई है अक्ल, वरना तो तुम भी कुछ कम न थे। तभी एक समाजसेवी मुरदा घर में अपने साथियों के साथ आया उसे, एक-एक शव का मुँह खोल-खोलकर दिखाया गया और वह सिर हिला-हिलाकर कहता जा रहा था, नहीं यह मेरी कौम का नहीं, नहीं यह भी नहीं।

उसके वहाँ से जाने के बाद दोनों मुरदे एक साथ यह कहते हुए हँस पड़े।

"साला अंधा कहीं का।"

~***~

## कलाकृति

एक कलाकार ने डाबर मैन कुत्ते का सीमेंट का आधा धड़ बनाया। उसका मुँह इतना स्वाभाविक बना था कि कोई भी देखकर प्रशंसा किए बिना नहीं रह सकता था। उस कलाकृति के सही मूल्यांकन के लिए उसने शहर तथा आस-पास के शहरों के मूर्तिकारों तथा कुछ कुत्ता प्रेमी लोगों को स्टूडियो में आमंत्रित किया। आप जानते हैं—कुरसी है तो बोलती ही है। हर व्यक्ति अपनी-अपनी तरह से उस कलाकृति का मूल्यांकन कर रहा था तथा अपने दृष्टिकोण से कुत्ते की कमियाँ भी गिना रहा था, परंतु एक ही व्यक्ति में मूर्तिकला तथा कुत्तों की प्रजाति के बारे में जानकारी न होने के कारण मूर्तिकार उनके मूल्यांकन से संतुष्ट नहीं हो पा रहा था, पर चौबे थे तो उन्हें कुछ-न-कुछ तो बोलना ही था। तभी न जाने कहाँ से उनका पालतू कुत्ता डाबर मैन स्टूडियो में घुस आया। वहाँ लगी मूर्ति को उसने गौर से देखा और तेजी-तेजी से भौंकने लगा। यह देख कलाकार मुसकरा दिया, क्योंकि अब उसकी कलाकृति का सही मूल्यांकन हो चुका था।

~***~

## पर माँ !

पाँच साल की वह बच्ची अपनी फटी कथरी पर मेले से लाई गुड़िया से खेलने में इतनी मगन थी कि उसे आस-पास की दुनिया का भान ही न था, तभी बाहर के दरवाजे की चरमराहट सुन वह पीछे मुड़ी तो माँ के पास बढ़िया सी पैंट-बुशर्ट पहने एक बाबूजी को खड़ा पाया। माँ ने उसे सहराते हुए कहा—जा जाकर जग्गी के यहाँ खेल आ। उछलती-कूदती वह वहाँ से

चली गई। एक-आध घंटे बाद जब वह घर पर लौटी तो देखा—बाबूजी माँ के हाथ में कुछ रुपए थमा रहे हैं।

बाबूजी के जाने के बाद उसने माँ से पूछा, "माँ, बाबूजी यहाँ क्यों आए थे?" तभी बालसुलभ मन कुछ सोचकर बोली, "शायद, तुम्हारे साथ खेलने आए थे।" दिमाग पर कुछ और जोर देकर कहा, "पर माँ! वे तुम्हें खेलने के पैसे क्यों दे रहे थे—मैं तो जग्गू को कभी पैसे नहीं देती, न ही जग्गू मुझे पैसा देता है।" उसकी बात सुन माँ से कुछ बोलते न बना। झट बेटी के हाथ में अठन्नी टिका दी और वह बच्ची जग्गू को अठन्नी देने के लिए उसके घर की तरफ दौड़ पड़ी।

~***~

# अंधे हैं जी

नाइट क्लब की सीढ़ियों की तरफ वह बेतहाशा भागी चली जा रही थी। इसके बावजूद वे चारों मुस्टंडे लड़के उसे चारों तरफ से घेरते जा रहे थे। डर के मारे वह काँपे जा रही थी। उसने अक्षत को पुकारा, पर वह तो पहले ही से शराब के नशे में धुत हो। सोफे पर पड़ा था। उनमें से एक लड़का उसे डी जे फ्लोर से खींचता हुआ छत की तरफ ले जा रहा था।

उसे रह-रहकर अक्षत पर बहुत गुस्सा आ रहा था। इतने रात गए वह डिस्को नहीं जाना चाहती थी, परंतु टिकटें बेकार न हों, इसीलिए वह डिस्को जाने को राजी हो गई। हॉस्टल की वार्डन से मौसी की बीमारी का बहाना बनाकर बाहर निकली। शराब भी पहली ही दफा चखी थी। पीते ही सिर चकराने लगा और वह अपना होश खो बैठी। होश तब आया, जब उसे अपने प्राइवेट अंगों पर मर्दाना हाथ के रगड़ने का एहसास हुआ फिर अचानक उसके कपड़ों को उतारा जाने लगा, फिर उसे कई हाथों के स्पर्श का एहसास हुआ। उसने जोर से छाती फाड़कर चीखना चाहा पर होंठ तो उसके दूसरे होंठों ने भीच रखे थे, साँस भी लेना दूभर हुआ जा रहा था। चारों तरफ शराब और सिगरेट का भभका भरा था, उसकी छातियाँ मसली जा रही थी। जाँघों

पर और कूल्हों पर चिकोटी काटी जा रही थीं, बदन में चारों तरफ दाँत गड़ाए जा रहे थे और यह सब हो रहा था—अँधेरी सीढ़ियों पर।

खुद को बचाने के लिए उसने लड़कों को एक जोरदार धक्का दिया और ऊपर की तरफ भागी। बदहवासी में उसे यह भी खयाल न रहा कि अब तक छत की मुँडेर तक वह आ पहुँची है, जो माले की नवीं मंजिल की छत थी। नीचे जाने के लिए एक मात्र वही सीढ़ी थी, जहाँ वे भेड़िये उनको खा जाने के लिए खड़े थे। खुद को उसने जमीन पर पड़े उन वहशियों के बीच घिरा पाया।

उसे हर प्रकार से टटोला जाने लगा। यह चुभन बड़ी तीखी थी, स्पर्श बड़ा कड़वा था, वह हाथ-पैर मारती रही, फिर एक बार नशे में धुत वहशियों के चंगुल से छूटी और भागी। छत के हर कोने में वह भागती हुई खुद को बचाने का निरर्थक प्रयास करती रही, पर उसकी नियति तो कुछ और थी। छत की सीढ़ियों पर खड़े वे दरिंदे कभी उसकी ओर अश्लील इशारा करते तो कभी खिलखिलाकर हँस देते। इस बार उसने छाती फाड़कर अक्षत को आवाज देनी चाही, पर यह क्या मुँह से तो बस 'पापा' ही निकल पा रहा था। लेकिन पापा तो उसका दाखिला करवाकर अच्छे से पढ़ाई करने की नसीहत देकर कब के गाँव चले गए थे।

अब तक उसका नशा भी काफूर हो चला था, वह समझ गई थी कि इनसे उसका बचना मुश्किल है, ये वहशी उसकी इज्जत तार-तार कर देंगे। उसने अपने गाँव, स्कूल, सहेलियों, भाई-बंधुओं सबको याद किया, जिनको भी उसने अपना पाया। अचानक उसका दिमाग कौंधा। तय किया कि जान दे देगी, पर इज्जत न जाने देगी। अबकी वह चीखी जरूर, पर रोई नहीं, छत की मुँडेर पर हाथ रख नीचे कूद गई और नीचे खड़ी एक कार पर जा गिरी। कार के शीशे चकनाचूर हो गए। वह वहीं पड़ी कराहती रही और लड़के भाग गए।

मौके पर आई पुलिस को पता चला कि उसमें जान अभी बाकी है, अतः उसे अस्पताल ले जाया गया। दसवें दिन होश आने पर उसने बताया कि वह जान बचाने के लिए कूदी थी। अन्यथा उसकी इज्जत तार-तार हो जाती। लड़कों का कुछ पता न चला।

पुलिस उसके होश में आने का इंतजार कर रही थी। उसके घर पर भी

खबर कर दी गई। दसवें दिन अदालत पहुँचने पर उनसे कहा गया—"आपकी लड़की ने आत्महत्या का प्रयास किया है, अतः भारतीय दंड सहिता की धारा 309 के तहत उसके खिलाफ मुकदमा चलेगा।"

~ *** ~

## बसौड़ा

"सुबह के नौ बजने को आए। कल देवी पूजन को है और इन बहुअन का अभी तलक अपने-अपने कमरन से आना नहीं हुआ," माताजी जोर से चिल्लाईं।

"मैं भी तो कौन सा सुबह से फुरसत से बैठ पाई हूँ, अपने फ्लैट की सफाई, सबके कपड़ों की धुलाई, बच्चों को स्कूल भेजना और साथ ही अविनाश के ऑफिस जाने का वही समय—लाख सिर पटक लो, माताजी की अपेक्षाओं को पूरा करना, सच बताऊँ (कान पर हाथ रखकर) 'तौबा-तौबा' पर घर है तो बड़ों का आदर तो करना ही है फिर चाहे उनकी बातें मानने लायक हों या नहीं एक संस्कारवान बहू के समान मैंने भी जवाब दिया, "आई माँ!" और कुछ ही समय बाद मैं नीचे बैठी माताजी की किचन में ऐठा, गूठी, पापड़ियाँ तथा गुलगुले आदि देवीजी का प्रसाद बनवा रही थी। परिवार बड़ा तो काम बड़ा खैर, जो भी हो, यह सब करते शाम हो गई। थक-हारकर हम दोनों ही अपने-अपने बिस्तरों पर लुढ़क गईं।

दूसरे दिन सोमवार को देवी मंदिर में बसौड़े का प्रसाद लेकर जब हम देवी पूजने गईं तो हमें देखकर पुजारीजी ने तुरंत किसी भक्त के चढ़ावे को बड़ी निर्ममता से चबूतरे से नीचे गिरा दिया और एक जमादार उसे पास बनी नाली में बहाता हुआ कूड़े की तरह समेट रहा था। मन में खयाल आया कि जिस पकवान को हम इतनी मेहनत और श्रद्धा से कल सारे दिन से बना रहे थे, वे ही आज अन्य भक्तों के पैरों तले कुचले जा रहे थे। हम असहाय खड़े यह नजारा देख रहे थे, हर तरफ कीचड़ और गंदगी और हम बीच में कमल के मुरझाए फूल बने खड़े थे। ऐसा लग रहा था कि वहाँ सूर्य की तपिश कुछ

ज्यादा ही हो गई है। यह सब देख, मुझे अपनी शिक्षा और संस्कारों पर शर्म आ रही थी। मन-ही-मन मैंने एक फैसला कर डाला, जिसका पालन मैं आज तक कर रही हूँ।

~***~

## हद

एक अदालत में मुकदमा पेश हुआ। "साहब, यह पाकिस्तानी है। हमारे देश में हद पार करते हुए पकड़ा गया।"

"तू इस बारे में कुछ कहना चाहता है?" मजिस्ट्रेट ने पूछा।

मुझे क्या कहना है सरकार! मैं तो खेतों में पानी लगाकर बैठा था। हीर के सुरीले बोल मेरे कानों में पड़े। मैं उन्हीं बोलों को सुनता चला आया। मुझे तो कोई 'हदें' नजर नहीं आईं।

~***~

## एक तथ्य यह भी

एक दिन चाय पीते समय अखबार हाथ में लिये बेटे ने माँ से कहा, "माँ आप इतनी अच्छी सोशल वर्कर हैं। गरीबों के बच्चों की शिक्षा तथा उच्च शिक्षा का प्रयास करती रहती हैं तथा साथ ही जनसंख्या वृद्धि अधिक न हो इसका भी प्रयास करती हैं, फिर हमारे घर में काम करने वाली मुन्नीबाई के चारों बच्चे स्कूल पढ़ने क्यों नहीं जाते—आपके थोड़े से प्रयास अथवा सहयोग से इनकी भी जिंदगी सँवर जाएगी।"

"ढेर बच्चे वे पैदा करें और हम करें उनकी सेवा—ज्यादा सेवा करेंगे तो घर के भाँडे कौन माँजेगा—तब तो हो गई समाज सेवा और हो गया रोज-रोज अखबारों में छपना।" यह कहकर माँ तुनतुनाती हुई खाली कप और केतली लेकर किचन की ओर चल दी।

~***~

# पापा के कारण

एक स्त्री के अंदर बसे ढेरों संस्कारों को देखकर क्लब की महिलाएँ अकसर उससे उसके इस प्रभावशाली तथा संस्कारी व्यक्तित्व के बारे में जानना चाहती हैं। आखिरकार आठ-दस स्त्रियों के झुंड ने उसे आज घेर ही लिया तथा पूछा, "तुम्हारे पास इतने सारे संस्कार कहाँ से आए?" एक क्षण वह रहस्यमयी तरीके से मुसकराई, दोनों आँखें मिचमिचाकर कुछ वाचाल सी वह बोली, "पापा के कारण।"

दोनों हाथों को आगे करते हुए वे स्त्रियाँ बोलीं, "लेऔजी ले औ, सारे-के-सारे संस्कार इन्हें पिताजी से मिले हैं।"

संजीदा हो दृढ़तापूर्वक वह बोली, "यही सच है। दरअसल, मेरे पिताजी सेना में मेजर थे, जिनको अनुशासन इस हद तक पसंद था कि जहाँ पर आकर हम तीनों भाई बहनों की भावनाओं का भी टकराव हो जाता था। और एक और खूबी थी उनमें कि पैसा तो उनके हाथों से सरकता ही न था।

"हम सभी भाई-बहनों ने उनके इन गुणों को अपनी-अपनी तरह से स्वीकारा उनका पैसे का हठ मुझमें सफलता पाने का हठ बन गया, सबको अनुशासित करने से पहले मैंने खुद को ही अनुशासित कर डाला तथा हमेशा मितव्ययी रही। इस प्रकार मैंने उनके गुणों को बड़ी सकारात्मक तरीके से स्वीकार लिये।

"भाई ने कहा तुम हठी मैं महाहठी। आप खर्च नहीं करना जानते, पर हम खर्च करवाना तो जानते हैं और इस प्रकार दोनों के हठ के कारण घर बन गया अखाड़ा, भाई बोला अनुशासन के नाम पर आप हमें कभी हलके मूड में

जीने नहीं देते हैं और उसने घर में उनके द्वारा बनाए सारे अनुशासन के विरोध में बिगुल फूँक दिया।

"यह सब देख छोटे भाई ने बिना लड़ाई लड़े ही अस्त्र-शस्त्र त्याग दिए। और बिना विवाह किए एकांतवास में चला गया।

~***~

# तर्पण

आई डोनेशन करवाने के लिए मेडिकल कॉलेज की टीम बाहर खड़ी थी, पर सुबोध किसी भी हालत में मृत्युपरांत दादू की आँखें निकलवाना नहीं चाह रहा था, इसके पीछे कुछ भावनात्मक तो कुछ कर्मकांडों की बातें उसके मन में उमड़ रही थीं, पर सौरभ उसे पापा की अंतिम इच्छा 'नेत्रदान' करने के पक्ष में दृढ़ता से खड़ा था। बड़े होने के कारण सौरभ ने सुबोध से नेत्रदान न करवाने के बारे में जानना चाहा। उसका कहना था कि जब तक मृत्यु आदमी के शरीर का पूर्ण तर्पण नहीं होता, वह भूत या चुड़ैल योनि में रहकर पवित्र आत्माओं को सताते हैं। उसकी बात सुन थोड़ी कठोरता के साथ सौरभ बोला, "भइया तर्पण तो उनका नहीं होता, जो हमेशा अपने

और परायों को दो आँखों से अलग-अलग देखते हैं। दादू की तो दोनों आँखों से दो-दो लोगों की जिंदगी रोशन हो जाएगी।" यह कहकर उसने आँख निकालने के लिए डॉक्टरों की टीम को इशारा कर दिया।

~***~

## लोग

कुछ लोग उसके पहनावे से उसे पंजाबी समझते तो कुछ उसकी स्मित मुसकान, गोरे चेहरे तथा लंबे काले बालों को देख उसे बंगाली समझ बैठते।

अभी-अभी हुए ट्रांसफर के कारण उसकी फैशनेबल पोशाक देख लोग उसे बंबई अथवा दिल्ली से आया समझने लगते। अधिकांश व्यक्ति उसके हँसमुख स्वभाव तथा वाचाल व्यक्तित्व के कायल थे। वाक् चतुराई तो उसमें भरी पड़ी थी, संस्कारों की भी उसमें कोई कमी न थी। मुहल्ले में हर कोई उसके बारे में कयास लगाता रहता। पर कोई नहीं जानता कि गृहस्थ जीवन में रहते हुए भी वह भरपूर मानवीय गुणों को अपने अंदर समाहित कर प्रेम तथा शांतिपूर्वक अपनी जिंदगी बसर करना चाहती है।

यही उसकी जाति और यही उसका व्यवसाय था और यही उसकी पहचान थी।

~***~

## मुखौटा

जो हम हँसते हैं तो कहते हो,
हँसते हो सनम,
जो हम रोते हैं तो कहते हो,
रोते हो सनम,
चलो, हम हँसते भी न,
चलो, हम रोते भी न,
तो बन जाएँगे न,

एक माटी की मूरत,

पता नहीं, किन भावनाओं से द्रवित हुआ मेरा मन उस क्षण कुछ-न-कुछ डायरी पर उतारे जा रहा था। तभी सामने रखे शीशे पर मेरी निगाहें गईं। मैं सहम कर पीछे हट गई। बड़ी मुश्किल से मुसकराना चाहा, पर मुसकरा न सकी। यों भी जीवित पीड़ा वाले मेरे इस चेहरे पर भला मुसकराहटों का मुखौटा कब तक लगा रहता।

यह अकेलापन भी कितनी विचित्र चीज है! सामने दीवार पर लगे। जिस मुखौटे को मैं शायद ही कभी निहारती थी, आज उसे बराबर निहारे जा रही थी। अनायास ही मुँह से निकला, ओह! कितने विचित्र होते हैं ये मुखौटे इनमें नाक, आँख मुँह सब अपने-अपने उचित स्थान पर होते हैं, पर पूर्णतः भावशून्य। तभी शीशे में पुनः अपनी छवि निहारती हूँ 'ओह।' कहकर सहम जाती हूँ। कितने भावशून्य होते जा रहे हैं हम। आदमी इतना शांत तो कभी नहीं होता। यहाँ तक कि कब्र में भी नहीं, उसमें न उदासी दिखाई देती है और न ही हैरानी। वास्तव में कुछ भी नहीं, शायद इतने समय से मैं ऐसा ही कोई मुखौटा लगाए खड़ी अपने व्यक्तित्व को विखंडित किए डाल रही हूँ। उसी क्षण मैंने अपने चेहरे पर लगे झूठ के मुखौटे को हटाने का फैसला कर डाला।

तभी मन में एक खयाल आया कि क्या बिना मुखौटा लगाए मैं इस असहज संसार में सहज होकर जी पाऊँगी—उसी क्षण फिर से मैंने आखिरकार मुखौटा लगाकर जीने का फैसला कर लिया।

~***~

# दूर की आवाज

एक साहित्यिक गोष्ठी में गिरते-सँभलते रिश्तों पर विचार-विमर्श चल रहा था, पुरुष साहित्यकारों का मानना था कि महिलाओं के पढ़-लिख जाने तथा नौकरी करने के कारण रिश्ते सँभाले नहीं सँभलते, बीच में ही एक महिला लेखिका बोली—औरत ने घर की चारदीवारी में खुद को उपेक्षित पाया, अतः चाहे अनचाहे वह बाहर निकलने को उद्यत हो उठी, यों भी देखा

जाए तो नौकरी दहेज प्रथा पर आधा-पूरा प्रहार है। एक ने कहा हमारी स्वार्थपरता ही हमें रिश्तों से दूर ले जा रही है कुछ ने तो मोबाइल फोन तथा लैपटॉप को ही दोष दे डाला।

एक्र महोदय का मानना था कि ये बढ़ा हुआ क्लब कल्चर तथा किटी पार्टी हमें अपनों से दूर लिये जा रहा है। कुछ का मानना था कि औरतों में सहनशक्ति का अभाव ही घरों में दूरियाँ बनाए है।

वजह जो भी हो, पर समाधान तो तलाशना ही था। प्रस्तोता ने बात आगे बढ़ाते हुए कहा, ''एक रिश्ता बनाने में हमें बड़ा समय लग जाता है। कभी-कभी तो दस सालों का समय भी कम होता है और हम निहित स्वार्थ तथा अहं की भावना के वश में होकर एक झटके से रिश्तों को तोड़ देते हैं।''

तभी पीछे दूर से एक अवाज आई, ''नहीं सर रिश्ते बनाने में इतना वक्त नहीं लगता, कुछ को बनाने में सालों लग जाते हैं और कुछ क्षण भर में ही बन जाते हैं। यह इस बात पर निर्भर करता है कि सामनेवाला कितना सरल या जटिल है, जब दोनों तरफ से व्यवहार में सरलता तथा सच्चाई होती है तो रिश्ते बनते तथा निभते देर नहीं लगती। इसके विपरीत देर से बने रिश्तों में व्यवहार में आई जटिलता के कारण बनने और बिगड़ने में भी देर नहीं लगती—बात समाप्त होते-होते सभागार में तालियाँ गूँज उठीं।

~***~

# कुँवारे सपने

''मम्मीजी दीदी की शादी में आप मेरा यह बनारसी लहँगा पहनिएगा। आप पर यह लहँगा बहुत सुंदर लगेगा, बड़ी सी नथ पहन ऊपर से आप जब ओढ़नी ओढ़ेगी, तब भीड़ में बस आप-ही-आप दिखाई देंगी।'' यह कहते हुए कुछ सालों पहले ही ब्याही बहू वत्सल ने अपनी सास अंजलि से मनुहार क्री। अरे नहीं, अब इतना चटक लाल रंग मुझ पर कहाँ खिलेगा—कहा तो उसने सहज भाववश ही था, पर मुझे उसकी आँखों में उठता दर्द बार-बार दिखाई दे रहा था।

"तो ऐसा कीजिए न कि किसी और रंग का ब्लाउज और दूसरे रंग की एक और नई चुन्नी बनवा लेते हैं, यह आधुनिक फैशन का भी लगने लगेगा।"

"अच्छा बेटा देखते हैं," यह कहकर वह अपने कमरे में जाकर मेरे साथ शादी की खरीददारी के लिए बाजार जाने की तैयारी करने लगी।

अंजलि मेरे बचपन की दोस्त, मेरी मौसेरी बहन, मेरी हमदर्द, मेरी हमराज—सबकुछ थी। देखो न वक्त कैसे पक्षी के समान उड़ता चला जाता है, जिस अंजलि की शादी की तैयारी हमने साथ-साथ की थी, आज उसकी बेटी की शादी की तैयारी के लिए हम बाजार जाने को तैयार खड़े थे।

हम सब बहनों में सबसे सुंदर समझदार तथा हुनरमंद थी—हमारी अंजलि। जब भी टी.वी. या मैग्जीन में छपी किसी फोटो में दुल्हन को लहँगा पहने वह देखती घंटों बैठी उसी के बारे में हमसे चर्चा करती रहती। डिजाइनिंग का शौक तो उसे शुरू से ही था, अत: कभी-कभी अलग-अलग कट के लहँगों के डिजाइन भी कापी पर स्केच करती और कभी-कभी तो अपनी गुड़ियों की शादी के लिए लहँगे खुद बनाती, बड़े होते-होते उसने एक-दो शादियों में पहनने के लिए लहँगा सिलवाना चाहा तो पिताजी ने, 'तेरी शादी में सिलवा देंगे', कहकर बात वहीं खत्म कर दी। लेकिन कुँवारे सपनों को कोई आधार थोड़ी न चाहिए। वे तो खुद-ब-खुद आँखों में दिखाई देने लगते हैं।

याद आता है मुझे वह दिन, जब मैं उसके साथ उसकी शादी की खरीददारी के सिलसिले में बाजार गई। एक लहँगा देखकर उसका मन बाग-बाग हो गया। मानो उस दुकान में आकर उसके सारे सपने साकार हो गए हों। कभी शादी के नाम से दूर भागनेवाली मेरी सखी अंजलि की आँखों में उस दिन बसा रोमांच मुझे साफ दिखाई दे रहा था। उस समय वह खुद को एक हुस्न की मल्लिका समझ रही थी, जहाँ आकर उसका यौवन और श्रृंगार अपने चरम पर था। इतना खुश मैंने उसे कभी नहीं देखा था। मौसीजी ने उसकी पसंद जान लहँगा अलग रखवा दिया, रास्ते भर वह मुझसे उस लहँगे की मैचिंग की चूड़ी-बिंदी-नथनी तथा गहनों की ही बातें करती रही।

हफ्ते भर बाद जब मैं उसके घर पहुँची, दरवाजे पर ही मौसाजी की आवाज सुन ठिठक गई, वे कह रहे थे—"ससुराल जाकर ब्याह के बाद

जितना चाहे पहनना, ओढ़ना, तुमको कोई मना नहीं करेगा।'' पर वह मासूम उनको यह समझाने का निरर्थक प्रयास कर रही थी कि शादी तो बस एक ही बार होती है, तब मौसाजी ने डपटकर ऐलान किया था कि एक बार पहनने के लिए इतनी फिजूलखर्ची मुझे तो पसंद नहीं है। वह कहना चाहती थी—मुझे पसंद है, पर उसकी आवाज वहीं दबकर रह गई।

उसके कुँवारे सपनों की साक्षी मैंने जैसे ही घर में प्रवेश किया, उदास चेहरा लिए अंजलि को पास खड़े पाया, आज उसके होंठ और गाल दोनों की ही सुर्खी नदारद थी, लहँगे पर टँके मोरों ने जितना नाच-नाचकर उसे सपने दिखाए थे। आज न जाने वे भी कहाँ जाकर सो गए थे।

शादीवाले दिन मैं उसे लाल साड़ी में तो लिपटी देख रही थी, पर लहँगा उसके बदन से नदारद था, उसे देखकर मेरे मन में ढेरों खयाल आए। मेरा दिल भर आया। उस समय मैं सोच रही थी कि क्या इस साड़ी के पल्लू में यह अपने कुँवारे सपने सँजो पा रही है—जयमाल के बाद मैंने उसके पास जाकर कान में उससे कहा था, ''अंजलि!'' चौंककर उसने धीरे से नजर उठाकर मेरी ओर देखा, फिर बोली, ''इस साड़ी में अच्छी नहीं लग रही हूँ न।''

उस समय अंजलि से एक भी शब्द कहे बिना, मैंने उससे आँखें चुरा लीं।

~***~

## रजनीगंधा

रजनीगंधा अभी ठीक से खिल भी नहीं पाई थी कि फ्लोरेस्ट ने उसे बड़ी बेदर्दी से नीचे से काटकर उसका एक खूबसूरत-सा गुलदस्ता बनाकर उसे पंच सितारा होटल में सजाने के लिए भेज दिया। क्या-क्या न हसरत थी उसकी कि वह कुछ समय बाद खिले, मुसकराए और अपने यौवन पर इतराए, पर हाय री किस्मत माली को भी उस पर दया न आई। फिर अपनी बेबसी के आँसू वह किसको दिखाती। जब माली ने ही साथ न दिया तो फ्लोरेस्ट ने अगर गरदन काटी तब भला किसी का क्या कसूर। दर्द के मारे वह सुबक रही

थी। वो बात और थी कि गुलदस्ता बनी, जब उस पर पानी की बौछार हुई तो उसके आँसू उसी बौछार में बहकर रह गए। यह सच था कि किसी ने इसके बाद उसके साथ बदसलूकी नहीं की, उलटे होटल की लॉबी में बड़े प्यार से उसे एक सुंदर से काँच के फूलदान में सजा दिया गया, वहाँ आकर उसने राहत की साँस ली। अब वह भी किसी प्रकार मुसकराने का प्रयास कर रही थी, खुद के लिए न सही औरों के लिए ही सही।

~***~

## सुनो जी

"अरे सुनो जी! ये अनूप साहब की बेटी परिणिती दिल्ली पढ़ने गई है। मुझे तो उनका यह तरीका जरा भी पसंद नहीं है। कल को कोई ऊँच-नीच हो गई तो कौन भुगतेगा। वैसे भी आजकल वहाँ की आबोहवा कुछ ठीक नहीं चल रही। पढ़ा-लिखा लो, फिर इतनी बड़ी उमर में ब्याह-शादी का झंझट, अपनी नूपुर तो यहीं ठीक है।"

"तुम ठीक कहती हो।" पति ने जवाब दिया। "ज्यादा ऊँचे सपने देखने से आदमी औंधे मुँह ही गिरता है।" यह कहकर पतिजी चुप हो गए।

तीन सालों बाद—"अजी सुनते हो," (अखबार पढ़ते हुए) बेपरवाही से पति बोला, "क्या," "अनूप साहब की बेटी की नौकरी भी लग गई।" "लग जाने दो—जो सुख अपने घर में है, वह दिन-रात की नौकरी में नहीं है, जितना कमाएगी, उससे ज्यादा तो वहाँ उसके रहने-खाने में खर्च हो जाएगा।"

"अच्छा, ऐसा है क्या?" यह सुनकर पत्नी ने चैन की साँस ली।

चार साल बाद—"अरे,गजब हो गया, उनकी बेटी ने तो···" "लवमैरिज कर ली तो करने दो" पति ने कुछ उपेक्षा से जवाब दिया।

कुछ सकुचाते हुए, "नहीं वो बात नहीं है। परिणिति ने शादी तो की ही है, वो भी बिना दहेज के।" घर पर बिना ब्याही अपनी दोनों जवान बेटियों को देख लंबी साँस भर। धीमे से पति-पत्नी बोले, "और एक हम हैं।"

~***~

## सेर पर सवाया

साक्षी जब भी सुरभित को कोई काम बताती, वह आधे-पूरे मन से उस काम को आधा-अधूरा ही करता। आखिरकार एक दिन साक्षी को गुस्सा आ ही गया, वह बोली, ''सुरभित! मैं जब भी तुम्हें कोई काम करने को कहती हूँ, तुम उसे अधूरा ही करते हो, मुझे तुम्हारा यह तरीका बिलकुल पसंद नहीं है। यह सुनकर बड़ी ढिठाई से वह बोला, ''मेरी अर्धांगिनी—बचा काम तुम खुद क्यों नहीं कर लेतीं।''

यह सुन उस समय तो वह खून का घूँट पीकर रह गई, अगली दफा पतिजी को मजा चखाने तथा उन्हें उनकी मर्दानगी का एहसास करवाने की उसने ठानी।

घर में उस दिन पत्नीजी की सहेलियों का जमघट लगा था, वे सभी आपस में खूब हँस-हँसकर बातें कर रही थीं। कुछ स्त्रियाँ ताश तो कुछ हौजी खेलने के साथ स्वादिष्ट व्यंजनों का भी लुत्फ उठा रही थीं। तभी सुरभित ने बीच में ही उसे उठाकर उसके कान में कुछ कहा, हँसते हुए वह बोली, ''नौ महीने मैंने बच्चे को कोख में पाला, दो साल गोद में खिलाकर उसकी गंदगी साफ की, फिर स्कूल, घर और ट्यूशन। आखिर तुम भी तो मेरा आधा अंग हो। प्लीज सुरभित बचा हुआ थोड़ा सा काम तुम्हीं कर लो,'' यह कह बेफिक्री से चहकती हुई वह फिर से अपनी सहेलियों के पास आ गई।

अब तो सुरभित का चेहरा देखने लायक था!

~ * * * ~

## चतुर सुजान

''बधाई हो, आपके बेटा हुआ है।'' सरकारी अस्पताल के बरामदे में बेचैनी से टहलते हुए अजय से आकर नर्स ने कहा। गरीबी और बेरोजगारी में कौन दोस्त कौन यार, ले देकर बहन-बहनोई और अजय के सास-ससुर ही वहाँ खड़े थे। छोटी जाति की लड़की से शादी करने के जुर्म में

उसे माँ-बाप ने कब का घर से निकाल दिया था। तब से वह ससुराल का बनकर रह गया था। क्या-क्या न काम करना चाहा, पर आज के समय में छोटी पूँजी में कोई व्यापार ही नहीं हो पा रहा था। श्वसुरजी भी सरकारी मुलाजिम होने के कारण उसका मार्गदर्शन करने में असमर्थ थे। रही बात पढ़ाई की तो वह उम्र प्यार-मोहब्बत में ही निकल गई। करे तो अब क्या करे—ऊपर से बेटा होने की खबर सुन भाई पर एक नई जिम्मेदारी जान बहन-बहनोई घबरा रहे थे। पर अजय निश्चिंत था, उसकी यह हरकत देख मन-ही-मन बहन को गुस्सा आ रहा था, पर स्थिति की नजाकत देख वे चुप थे। उन्हें अजय की चुप्पी का रहस्य समझ में नहीं आ रहा था।

तभी अस्पताल के रजिस्टर पर बच्चे के माता-पिता के नाम के कॉलम के आगे-बच्चू लाल, कमलापति-भँवाईपुरवा लिख वह मुसकरा दिया—

क्योंकि अब तो बच्चा नाना के साम्राज्य का एकाधिकारी बन चुका था।

और बहन-बहनोई उसकी अनोखी चतुराई देख, वहाँ खड़े-के-खड़े रह गए।

~***~

## प्यार या व्यापार

ओशो रजनीश ने प्रवचन के दौरान शिष्यों से प्रश्न किया—"शेक्सपियर का कहना है कि हम सब रंग-मंच की कठपुतलियाँ हैं, जिसको ऊपरवाला चला रहा है। आप लोगों की इस विषय में क्या राय है?" सभी शिष्य अपनी-अपनी तरह से जवाब दे रहे थे।

ओशो बोले, "माँ बेटे से कहती है—बेटा मैं तेरी माँ हूँ, तू मुझे प्यार कर। प्यार कर का मतलब ड्रामा कर। माँ के कहने पर बेटा चाहते-न-चाहते हुए हर दिन उसका हाल-चाल ले लेता है। माँ खुश है, पर अंधकार में है, क्योंकि वह प्यार थोड़ी न है जो कहकर करवाया जाता है, जिसके पात्र कभी भी नाटक से अलग हो सकते हैं।

वैलेंटाइन डे पर पत्नी अथवा प्रेमिका कम-से-कम एक कार्ड या बुके

की आशा पति से करती है, न देने पर मुँह भी फुला लेती है, पर दोस्तों यह भी प्यार कैसे हुआ—यहाँ पर भी आदान-प्रदान हुआ, तुमने मुझे कुछ दिया, हमने भी बदले में तुमको कुछ दे दिया। यह तो दोस्तों व्यापार है न कि प्यार।

~ * * * ~

## अंतरराष्ट्रीय कार रैली

प्रसिद्ध अंतरराष्ट्रीय क्लब के द्वारा कार रैली का आयोजन किया जा रहा था। विषय था—'कन्या भ्रूण हत्या जागरूकता रैली' चूँकि बेटी को बचाना था तो जितनी वहाँ महिलाएँ थीं; उतने ही वहाँ पर पुरुष भी दिखाई दे रहे थे।

डिस्ट्रिक गवर्नर साहब को मेरी कार में बगलवाली सीट पर बैठाया गया, कार मैं ही चला रही थी। फ्लैग ऑफ होते ही धीरे-धीरे गाड़ियाँ अपने गंतव्य की ओर खिसकने लगीं।

सड़क पर भीड़ थी, तभी सामने की गाड़ी को देखकर गवर्नर साहब बोले—''मैडम जरा देखकर गाड़ी चलाइएगा, सामनेवाली गाड़ी में भी महिला चालक बैठी है,'' यह सुन मेरे काटो तो खून न रहा। खुद को सँभालते हुए

मैंने उनसे कहा, ''इस रैली के आयोजन तथा आपकी बातो में मुझे कुछ विरोधाभास दिखाई दे रहा है। हमारे देश में अगर औरतों के लिए पुरुषों के मन में ऐसी छवि रही, तब इन रैलियों को निकालने का क्या प्रयोजन?'' यह सुन वे अचकचा गए। और मैं भी अपनी बात समाप्त कर चुपचाप कार चलाने लगी।

~***~

## कच्ची-पक्की दीवारें

गाँव में हमारे दादाजी का घर था—ले-देकर दो कमरे, वे भी कच्चे और बाहर गोबर-गेरू से लिपा हुआ छोटा सा एक बरामदा था। वहीं हम सब बच्चों का आँगन था और वहीं पर दादी बनाती थीं हींग की बघारवाली दाल और चावल। इस घर में चाचा-चाची, ताऊ-ताई, बुआ-फूफा तथा उन सभी के बच्चे तथा अन्य रिश्तेदार आया-जाया करते थे, न जाने क्या बात थी उस घर में कि वह छोटा होते हुए भी हमें कभी छोटा दिखाई न पड़ता था। एक ही चटाई में पाँच-पाँच बच्चों के सोने का जो आनंद वहाँ था, वह इस डबल पलंग पर कहाँ! दादा के घर की दीवारें जितनी कच्ची थीं, वहाँ रिश्ते उतने ही गहरे पनपते थे। पिताजी की नौकरी के कारण बाद में हम सब भाई-बहन शहर आ गए। यहाँ चार कमरों वाले पक्के फ्लैट में हमारा जीवन स्तर बढ़ता जा रहा था।

जहाँ मम्मी-पापा का अलग कमरा, दोनों भाइयों का अलग कमरा और मेरा अलग कमरा था, जिसमें मेरे लिए एक अलग टी.वी. लगा था। दादी-दादा के गाँव से शहर में आने पर तो जैसे-तैसे निभ जाती थी, परंतु और रिश्तेदारों के आने पर हमें बड़ी परेशानी होती थी। कभी-कभी तो मुझे भी अपने लिए अलग कोने की तलाश करनी पड़ती थी। मैं अकसर सोचा करती थी कि क्या कारण है कि हमारे इस पक्के मकान में हमारे रिश्ते क्यों कच्चे होते जा रहे हैं—पर आज तक मैं इस प्रश्न का उत्तर तलाश नहीं पाई हूँ।

~***~

# सवारी

कॉन्स्टेबल ने दूर से ही हाथ दिखा टैंपो को रुकने के लिए इशारा किया। एक क्षण टैंपो रोककर टैंपोवाला बोला, ''सरजी आठ सवारियाँ पहले से ही बैठी हैं, टैंपो खाली नहीं है।'' यह सुनकर कॉन्स्टेबल को गुस्सा आ गया, हाथ में लिया डंडा टैंपो की छत पर मारता हुआ बोला, ''खाली नहीं है,'' कुछ तेज आवाज में—''अबे साले! तुझे मैं सवारी

दिखता हूँ?''—कहते हुए वह टैंपो में चढ़ गया।

~***~

# घात-प्रतिघात

साँप के बच्चे ने कहा, ''बाबा आप मेरी सुरक्षा को लेकर इतने चिंतित क्यों होते हैं—जरा सी आहट होते ही आप चौंककर चारों तरफ देखने लगते हैं, जबकि सारी दुनिया आप से भय खाती है। आपको देखते ही उनकी साँसे ऊपर-की-ऊपर और नीचे-की-नीचे रह जाती हैं।''

''ठीक कहते हो तुम, बहादुरी में तो हमारा कोई सानी नहीं हो सकता।'' साँप ने जवाब दिया।

''तब फिर बाबा आप इतना भय क्यों खाते हैं—कहीं ऐसा तो नहीं,

आप आदमी नाम के जीव से डरते हो—जो अपनी बुद्धि और बल से किसी की भी छुट्टी कर सकता है।''

''ठीक कहते हो तुम, यह आदमी ही हमारा सबसे बड़ा दुश्मन है। पर यह भी सच है कि हम लोगों की तरह वह भी हमसे डरता है, बस बाहर की ताकत दिखाया करता है।'' आगे उसे समझाते हुए साँप बोला—''तुम्हें उनसे ज्यादा डरने की जरूरत नहीं है मेरे बच्चे। तुम्हें तो खुद को बचाने के लिए उन डरे हुए प्राणियों को डराते रहना है, पर इसके लिए बेटा तुम अभी बहुत छोटे हो,'' यह कहकर चौकन्ना हो, साँप फिर से इधर-उधर देखने लगा।

वह नन्हा साँप बाबा की ऐसी गूढ़ बातें ठीक से समझ नहीं पा रहा था, परंतु जैसे-जैसे उसके विषैले दाँत निकलते गए, उसको बाबा की बातें स्पष्ट होती चली गईं। क्योंकि अब तो उसने भी लोगों को डँसना सीख लिया था।

~ * * * ~

# बुलबुल

जब कभी भी घनी आबादीवाले घरो में मुँड़ेरों पर बैठी और बिजली के तारों पर चहकती बुलबुलों को मैं बेसन के सेव खाते देखती हूँ, एक घटना का स्मरण मुझे हो आता है।

मेरी बहन बुलबुल जब बामुश्किल डेढ़ साल की थी, उसका पेट जाम हो गया। लाख कोशिशों के बावजूद भी पेट साफ होने का नाम न ले रहा था, हारकर माँ बुल्लू को लेकर एक पीर की मजार में माथा टेकने गईं। पीर साहब

ने नमाज अदायगी के बाद माँ से बच्चे को गोद में लेकर उसे ढेर सारी बारीक भुजिया खाने को दी, बुल्लू चुन-चुनकर ढेरों भुजिया खा गई।

उसे घर में भी प्रसाद की भुजिया खाने को दी गई। प्रसाद था तो खाना भी था, घर आते-आते बच्चे का पेट साफ हो गया और उस दिन मैं पीर साहब की समझ और अपनी नासमझी पर मुसकरा दी। तभी एक बुलबुल की बीट मुझ पर पड़ी और उस घटना का स्मरण कर, एक बार मैं फिर से मुसकरा दी।

~ ❋ ❋ ❋ ~

## भूखा बच्चा

कोई आठ साल का बच्चा आर्यनगर चौराहे के पास अकसर भीख माँगते दिखाई दे जाता था। उस दिन रजत ने उसे भीख माँगने के लिए फटकारा तो अगली बार वो कहीं से एक पुराना कपड़ा ले आया और चौराहे पर रुकनेवाली हर आती-जाती गाड़ी के आगे के शीशे को एक हाथ से पोंछ, दूसरा हाथ पैसों के लिए आगे बढ़ा देता। अबकी दफा उसे वहाँ देख रजत ने तेज फटकार लगाई और कहा, "दफा हो जा यहाँ से, फिर कभी यहाँ दिखाई दिया तो ऐसी मार लगाऊँगा कि भीख

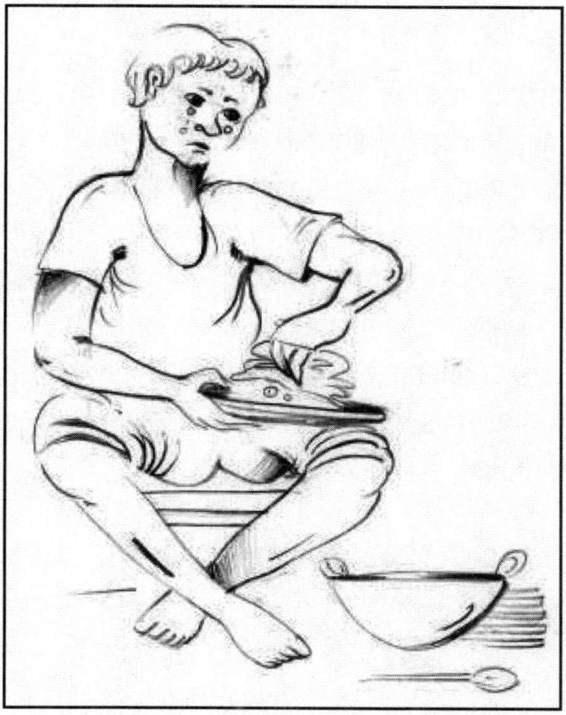

माँगना भूल जाएगा।'' यह सुन डर के मारे उसने जो दौड़ लगाई तो सीधे सौ फीट दूर खड़े भुट्टेवाले के गरम-गरम भुट्टे को लेकर और तेजी से भागा। आस-पास खड़े लोग चोर-चोर करते उसके पीछे भागे, पर वह तो चूहे के जैसे किस गली में जा छुपा, यह तो खुद भुट्टेवाला भी न जान सका।

अबकी दफा वह लड़का चाट की दुकान पर बरतन माँजता दिखाई दिया, तभी बालश्रम विरोधी दल का दस्ता आया और उसे जबरदस्ती वहाँ से उठाकर ले गया, जबकि अंतिम तक वह बच्चा चिल्लाए जा रहा था—''घर पर माँ को बुखार है, माँ को कौन देखेगा।'' वो 'माँ, माँ' करता रहा और उसे वैन में बैठा लिया गया, जबकि वह बच्चा यह भी न जानता था कि भीख माँगना, चोरी करना, बरतन माँजना अपराध है, वह तो बस भूखा था और उसकी माँ बीमार थी।

***

## दो पागल

जरा सी देर के लिए कर्फ्यू क्या खुला था कि वे दोनों लड़के आपस में गलबहियाँ डाले इधर-उधर घूमने लगे। एक के कपड़े धूल से सने थे तो दूसरे के बाल धूल-धूसरित हो रहे थे, पर वे मस्ती में चले जा रहे थे। अचानक एक के दिमाग की बिजली जली, 'ऐ हम लड़ते क्यों नहीं हैं', 'शायद हम पागल हैं।' तुझे कैसे पता, 'लोग कहते हैं।' 'कौन लोग कहते हैं।' 'वही, जो अभी-अभी लड़ रहे थे।'

'अच्छा' यह कहकर दोनों हो, हो, हो, हो करके देर तक हँसते रहे। लोग समझे कि पागल हँस रहे हैं, पर वे जानते थे कि असली पागल कौन है।

***

# यमदूत

एक कॉलोनी में रात के समय अँधेरा घिरते ही कुत्ते के जोर-जोर से रोने की आवाज आने लगी। आवाज सुनकर अनहोनी की आशंका से कुछ लोग डर गए तो कुछ ने कहा कि यह कुत्ता नहीं साक्षात् 'यम' का अवतार है, जिसका घर या गली-मुहल्ले में रोना शुभ नहीं माना जाता। उधर से चिमिया चाची चिल्लाई अरे भगाओ इसे यहाँ से यह तो सर्वनाश ही कर डालेगा। दूसरी तरफ से पुत्तन की अम्मा चिल्लाई, "अरे, बहना, लगता है कि इसमें आदमी की आत्मा समा गई है, इसी कारण यह रोए जा रहा है।" कुछ लोगों ने उसे वहाँ से हटाना चाहा तो रोता हुआ वह तेजी से उठकर, टेढ़ा-मेढ़ा हुआ, वहाँ से भागा। एक लड़का तो पत्थर ले, उसके पीछे ही पड़ गया और दूसरा उसको मारने के लिए डंडा उठा लाया। अनिष्ट की कल्पना कर कॉलोनी में

सबका बुरा हाल था। यह नजारा बहुत देर से रंजीत अपनी खिड़की से देख रहा था, कुत्ते के रोने और अनिष्ट के बीच कोई मतलब भी हो सकता है, यह बात उसकी समझ में नहीं आ रही थी। माजरा समझने के लिए दनदनाता हुआ वह कुत्ते के पास सड़क पर आ

पहुँचा और नजदीक आने पर उसने कुत्ते के पैर के पास लगा खून देखा तो करुणावश उसे गोद में उठाकर सहराने लगा। तभी उसकी नजर कुत्ते के पैर में चुभे काँच पर पड़ी और खींचकर उसने काँच का टुकड़ा निकाल दिया। द्रवित होकर वह चिल्लाया, "जिसका खुद अनिष्ट हो रहा है, वो भला किसी का क्या अनिष्ट करेगा।"

~***~

## धंधा

एक औरत दो जवान लड़कियों के साथ अल्ट्रासाउंड सेंटर की सीढ़ियों के पास बनी बेंच पर बैठी रिपोर्ट आने का इंतजार कर रही थी, तभी आया ने पास आकर उन्हें अंदर आने का इशारा किया। उन्हें देखकर डॉक्टर ने कहा, "बधाई हो, पेट में पल रहा बच्चा 'बेटा' है, अब आपको चिंता करने की कोई जरूरत नहीं है।" "पर, पर डॉक्टर साहब, मैं यह बच्चा नहीं चाहती, मुझे इसे गिरवाना है," आँखें नीचे कर युवती बोली। आश्चर्य से डॉक्टर ने कहा, "भला क्यूँ।"

"धंधे का सवाल है," धीमे से युवती बोली।

~***~

## परमब्रह्म

बात तब की है, जब मैं नवीं कक्षा में पढ़ा करती थी। मुझे हिंदी में—सूर, कबीर, जायसी, मीरा, बिहारी आदि कवियों को पढ़ना-सुनना बड़ा अच्छा लगता था। एक दिन हमारी क्लास टीचर, जो हमें हिंदी पढ़ाया करती थीं, कबीर को पढ़ाते समय हमारे परम ब्रह्म ने ये कहा, इसका यह मतलब होता है—समझ में आया, वह मतलब होता है। बिना परमब्रह्म की कृपा के मनुष्य भव सागर पार नहीं कर सकता, आदि बातें बता रही थीं। मैं बड़े ध्यान से उनकी बातें सुन रही थी, फिर भी कुछ बातें मेरी समझ से बाहर थीं, तभी टीचर ने पुकारा, "अंजलि"! और मेरी तंद्रा भंग हो गई। "कुछ समझ में

आया—कुछ और पूछना हो तो पूछो,'' बड़े आत्मविश्वास के साथ खड़ी होकर मैंने उनसे पूछा, ''मैम ये ब्रह्म क्या ब्रह्मा, विष्णु, महेशवाले ही 'ब्रह्मा' हैं या फिर कोई और देवता हैं''—मेरी बात सुन कक्षा में सन्नाटा छा गया, हाँ, वहाँ पर कुछ लड़कियों के फुसफुसाने की आवाजें जरूर सुनाई दे रही थी। मेरे प्रश्न को सुन वो बोलीं—''हाँ, हाँ, हाँ, हाँ शायद ऐसा ही कुछ है, पहले पाठ को तो ठीक से पूरा समझो।'' और कुछ लड़कियाँ मेरे इस 'मूर्खता भरे प्रश्न' पर हँस दीं। उस दिन तो मैं शांत हो गई, पर इस प्रश्न का उत्तर तलाशता मेरा जिज्ञासु मन आज तक भी शांत नहीं हो पा रहा है।

~***~

## भागमभाग

उस आदमी को लग रहा था, समय बहुत कम है और काम बहुत ज्यादा है, अतः उसने भागना शुरू किया। वह भागता गया, भागता गया, दिन भर भागा, रात भर भागा, थक गया तो सो गया उठा तो फिर से रेस लगानी शुरू कर दी। भागता गया, भागता गया, दिन महीने और साल गुजर गए। अब तो उसे लगने लगा—वक्त और भी कम है, वह और तेज भागा। पर बुढ़ापे में आकर जब थकने लगा तो

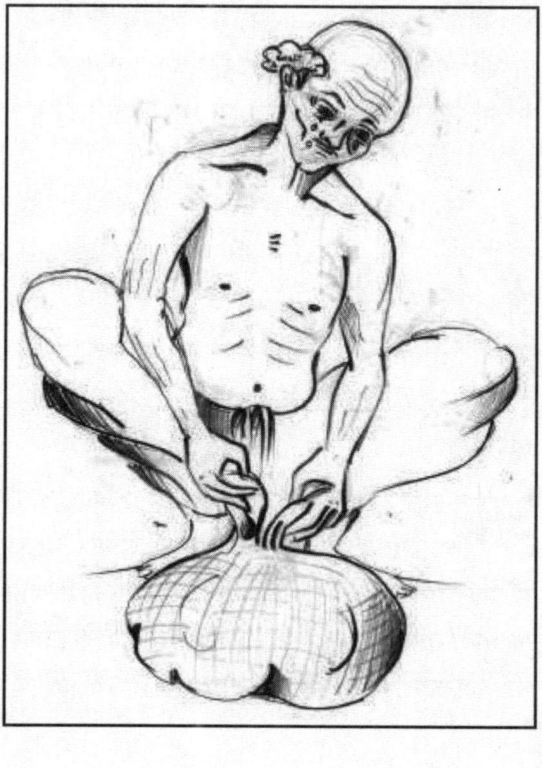

पीछे मुड़कर देखा तो उसे अपने साथ भागता कोई न दिखाई दिया, क्योंकि वह तो अपने साथवालों से बहुत आगे निकल आया था। आगे निगाह उठाकर देखा तो वहाँ पर भी नीरवता छाई हुई थी। ''तो क्या मेरे आगे-पीछे कोई नहीं है,'' वो बुदबुदाया। अब तो अकेलेपन की बात सोचकर वह डर गया और वहीं बैठकर जिंदगी की गठरी खोल, खोए-पाए का हिसाब जोड़ने लगा।

~***~

## हम मर्द

कुछ अंतरंग क्षणों में पति ने अपनी नई-नवेली पत्नी इला से अपनी पूर्ववर्ती प्रेमिका के बारे में बता दिया। यह सुन इला को बहुत गुस्सा आया—दोनों के बीच कहा-सुनी, रूठना-मनाना कई महीनों तक चलता रहा। अंत में इस बात पर जाकर समझौता हुआ कि अब से वह अपनी प्रेमिका से किसी तरह का संपर्क नहीं रखेगा। जिंदगी फिर से पटरी पर आ गई, अब तो वह रफ्तार भी पकड़ती जा रही थी। एक रात चुहलबाजी करती पत्नी पति से बोली, ''तुमने तो कभी मुझसे मेरी बीती जिंदगी तथा कॉलेज लाइफ जैसी बातों के बारे में नहीं पूछा''।

कुछ भावुक होकर झट उसके मुँह पर हाथ रख पति बोला, ''चुप फिर कभी ऐसी बातें मत करना, हम मर्द ऐसे मामलों में इतने उदार नहीं होते हैं, जो अपनी पत्नियों को माफ कर दें।''

~***~

## शेर मदर

ज्ञान और अज्ञान में बस इतना फर्क है कि उस औरत को हमेशा लगता था कि उसकी माँ से बढ़कर दुनिया में कोई माँ नहीं है, बात-बात पर मेरी माँ यह 'मेरी माँ वह', 'मेरी माँ जैसी कोई नहीं' कहा करती थी। कभी-कभी तो मौके-बेमौके ससुराल की अन्य स्त्रियों के ऊपर फिकरे भी कसा करती थी। संस्कारवश अधिकांश लोग चुप हो जाते थे, वे जानते थे कि इन बेकार

की बातों का कोई वजूद नहीं होता, परंतु उसकी बातें सुन-सुनकर अब तक देवरानी के कान पक चुके थे। उसको मजा चखाने के लिए देवरानी ने अब की दफा उसके जन्मदिन के अवसर पर, जो कि संभवत: मदर्स डे को ही पड़ता था, एक अनोखा उपहार सुंदर से गिफ्ट पेपर में लपेटकर करके यह कहते हुए दिया, ''जीजी इस उपहार को देखिएगा ही नहीं, इसपर मनन भी कीजिएगा, बड़ी मेहनत से मैंने केवल आप के लिए इसे बनाया है।'' देर रात जब वह पार्टी से फ्री हुई तो कौतूहलवश उसने वह उपहार खोला, अंदर तीन शावकों के साथ लेटी शेरनी की पेंटिंग देख, उससे आगे कुछ कहते न बना।

~ * * * ~

## ठीक कहा आपने

एक औरत को 'मैं-मैं' करने की बड़ी बुरी आदत थी, उसको लगता था कि दुनिया की सारी अच्छी बातें उसमें और उसके बच्चों में हैं और सारी खराबी-पड़ोसी, दोस्तों तथा रिश्तेदारों में हैं। बातें तो बहुत सी हैं, पर एक दिन तो गजब ही हो गया—उसकी बेटी क्षमा घर से भाग गई कुछ दिनों के बाद पता चला कि मैडमजी ने आर्य समाज रीति से विवाह कर लिया है। अब तो छाती पीटने के अलावा उसके पास कोई रास्ता ही न था। पर उसकी शादी न निभी, बड़ी कहानियाँ बनीं, रिश्तेदारी में बड़ी फजीहत हुई। लौटकर लड़की वापस घर पर आ गई। कुछ सालों बाद एक अच्छा सा लड़का देख उसकी दूसरी शादी कर दी गई, माताजी का 'मैं, मैं' का बंद टेप फिर बज चला। अबकी दफा मुहल्ले की किटी में हौजी के दौरान उसकी चर्चा चल निकली। व्यंग्यात्मक मुसकराहट लिये मिसेज कपूर की बेटी अदिति बोली, ''सच बात है, हम उनकी बेटी से कभी बराबरी कर ही नहीं सकते, जो काम वो कर सकती हैं, वो भला हम सब कहाँ कर सकते हैं।'' अकस्मात् हुए पलटवार को सुन कुछ महिलाएँ हँस दीं और कुछ मुँह नीचे कर मुसकरा दीं।

~ * * * ~

# शायद

वह दुबला-पतला बड़ी सी खोपड़ीवाला लड़का था, जिसके कपड़े फटे चिथड़े तथा बाल सूखे और भूरे थे। वह अपनी उम्र के बच्चों के जैसे मस्त तथा चंचल न था। उसकी आँखें हमेशा कुछ तलाशती सी दिखाई देती थीं, उम्र यही कोई रही होगी—तेरह साल। लोगों ने उसे बातचीत करते कभी देखा न था।

उसकी यह चुप्पी देख कई बार घरवाले डर जाते। एक दिन वह भागकर गाँव से शहर आ गया। उसके लिए न थाने में रपट लिखाई गई न, गुमशुदी के परचे बँटे, न अखबार में इश्तेहार छपे। दो-चार दिन बाट देख घरवाले फिर पहले की तरह रहने लगे। हाँ माँ जरूर छुप-छुपकर रो लिया करती थी।

वह दिन भर काम की तलाश में भटकता, परंतु बिना संपर्क के काम भी न मिलता था। रात में पस्त होकर सो जाता। दूसरे दिन फिर उठता सपनों के साथ उसे रोज भाँति-भाँति की रोटियों के सपने आते आँख खुलते ही वह उनके पीछे भागता और फिर दौड़ते-हाँफते फिर कहीं गिरकर सो जाता।

रोटी के पीछे लपकते-लपकते वह बूढ़ा हो चला, पर रोटियों के सपने अब भी जवान थे। एक दिन वह मर गया। मरने से पहले उसने साथवाले लोगों को बताया था कि कुछ दिनों से उसे रोटियों के सपने आने बंद हो गए थे और यही बात उसकी मौत का कारण बन गई थी।

~***~

# सत्य बोलो मुक्ति है

''राम नाम सत्य है, सत्य बोलो मुक्ति है,'' की आवाज बँगले के अंदर तक सुनाई दे रही थी। अभी अपराजित की शादी को बमुश्किल दस दिन भी नहीं हुए थे कि दादाजी का देहावसान हो गया। बीमार तो वो पहले से ही थे—ये तो कहो सही-साँठ शादी निपट गई, कल को कोई ऊँच-नीच हो जाती तो कौन जिम्मेदार होता। खैर हुआ सो हुआ, सुख-दुःख का तो जोड़ा ही है, लगभग इस तरह की चर्चाएँ घर के बीच लगभग हर दिन सुनाई दे जाती थीं।

तभी पता चला कि अपराजित ने अपने हनीमून के लिए ऑस्ट्रेलिया जाने का प्लान बनाया है। बड़े-बूढ़ों के बीच खुसुर-फुसुर होने लगी—अभी बाबा को मरे तेरह दिन भी न हुए और इनको हनीमून पर जाने की सूझ रही है। किसी को भी उसका यह निर्णय ठीक नहीं लग रहा था, जबकि अपराजित का तर्क था कि शादी के कारण पहले ही पंद्रह दिनों की छुट्टियाँ पूरी हो चुकी हैं, अगर तेरह दिन और रुकेगा तो उसकी ये महीने भर की छुट्टियाँ यूँ ही बेकार हो जाएँगी, तो क्यूँ न तीन दिनों में ही सारा क्रिया-कर्म कर छुट्टी की जाए।

गुस्से में आकर एक बुजुर्ग बोले—''पोता आज भी बाबा का न हो पाया, जाने भी दो एक दिन तो सभी को जाना है फिर किसके लिए हाय-तौबा की जाए।'' उसकी तरफ देखकर शांत हो गए।

अब की बारी अपराजित की थी, बात को बल देता हुआ वह बोला, ''दादा, राम नाम सत्य है। मैं भी आप की बात से पूर्णतः सहमत हूँ, यह दिन तो सबका आना है तो—क्यों न मरने से पहले कुछ दिन जी लिया जाए, जिससे भटकती हमारी आत्माओं को अच्छे से मुक्ति मिल सके,'' पर उसकी यह आवाज नक्कारखाने में तूती के जैसी बजकर रह गई।

~***~

# पूरा दाँव

प्रभातजी के घर में हीरे का हार चोरी हो गया, घूम-फिर कर शक घर की युवा नौकरानी गिन्नी पर जा रहा था। उससे पूछताछ की गई, वह बार-

बार नकारे जा रही थी, उसके अटपटे जवाबों से शक और पक्का होता जा रहा था। हारकर उसके घर की तलाशी ली गई और हार मिल गया। उससे चोरी करने का कारण पूछा गया, पर वह यहाँ पर भी टालमटोल करती रही और जब कसकर डाँट लगी तो उसने प्रभात बाबू की ओर उँगली उठाकर कहा, "बाबूजी से पूछिए, इन्होंने ही मुझे दिया है।

प्रभातजी की मुहल्ले में बड़ी इज्जत थी, सरेआम इज्जत नीलाम होते देख उनको गुस्सा आ गया और वे चिल्लाए, "चुड़ैल मैंने कब दिया तुझे—

नौकरानी जरा न डरी, नैन मटकाकर बोली, "यह बात भला सबके सामने पूछने की है, जब दिया है तो कहने में का हर्ज है बाबूजी। मैं यह बात कैसे कह दूँ, मुझे तो शर्म ही आती है—" कहती हुई आँखें नीचे करने का अभिनय करने लगी।

यह सुन मालकिन को गुस्सा आ गया, चिल्लाकर बोली, "क्यों जी, कब से ये हरकतें कर रहे हो? मेरा तो विश्वास और घर दोनों ही लुट गया।"

"मगर मैंने तो! यह कमीनी झूठी है।" कहते हुए प्रभातजी का गला बंद हो गया। आस-पास कानाफूसी होने लगी, किसी के चेहरे पर थोड़ी न शराफत लिखी है। एक बोला कौन जाने अंदर-अंदर की बातें। उधर नौकरानी चिल्लाई, "पहनाया है तो कहने से क्यों डरते हो—मेरी इज्जत से जब खेलते थे, तब नहीं डरते थे, अब बताने में नानी याद आ रही है।" वह इसी प्रकार चिल्लाए जा रही थी। बाबूजी गुस्से में उफनते हुए घर के अंदर चले गए। अब की बार इज्जतदार के घर पर कुल्टा नौकरानी का दाँव सीधा पड़ा था, इसीलिए वह मन-ही-मन मुसकरा रही थी। कौन किसकी इज्जत से खेल रहा है यह तो सिर्फ मैं ही जानती हूँ, तुम्हारी ही इज्जत है, तुम्हीं बदनाम होओ—यह सोचकर वह फिर एक बार मुसकरा दी।

~***~

## डायरी का आखिरी पन्ना

ये मर्द बड़ी विचित्र चीज होते हैं—कब क्या कह जाते हैं, कभी-कभी उनको भी इस बात का अहसास नहीं होता है और हम औरतें भी कम

नहीं होती हैं—बेदर्द, बेवफा पतियों के लिए जीवन भर आँसू बहाया करती हैं। उस दिन रवीश ने कैफेटेरिया में आखिरी मुलाकात के वक्त अपने मन की भड़ास निकालते हुए आखिरकार गुरूर में भरकर मुझसे कह ही डाला— "तुम जैसी तो बहुत मिलेंगी जिंदगी में।"

हम भी कुछ कम न थे, अहं पर लगी चोट को सहलाते हुए बड़ी मुश्किल से रहस्यमयी मुसकान बिखेरकर हमने भी उससे पूछ ही लिया, "भला, हमारे जैसी ही क्यों चाहिए?"

इसके बाद बिना एक भी शब्द कहे हम दोनों वहाँ से बाहर निकल लिये। यह थी हमारी आखिरी मुलाकात।

और यह है—उसकी यादों को सँजोए हुए इस 'डायरी का आखिरी पन्ना'।

~***~

## चिड़ा-चिड़ी

चिड़िया ने चिड़े से कहा, "आओ अब मिलकर घर बना लिया जाए।" चिड़ा बोला, "कहाँ पर?" यहाँ पर तो कोई उचित जगह ही दिखाई नहीं देती है। तभी उड़ते-उड़ते उन्हें सामने खड़े भवन और अट्टालिकाएँ दिखाई दीं। यह देखकर चिड़े ने चिड़िया के सामने यहीं-कहीं पास में ही

घोंसला बनाने का प्रस्ताव रखा। यह सुन, उड़ते-उड़ते भूख-प्यास से व्याकुल चिड़िया घबराकर बोली, "न बाबा न, ये सभी मकान देखने भर के सुंदर हैं, यहाँ पर हमारे लिए न तो दाना है और न ही पानी, फिर परिवार तो चलाना दूर की बात रही।" आगे वह बोली, "न बाबा मैं तो ऐसे जलते हुए सीमेंट के जंगल में मर ही जाऊँगी। यहाँ पर रहनेवाले लोग खुद तो एसी कमरो में बंद होकर मजे लेते हैं और हम पक्षी बेचारे धूप में तड़पा करते हैं—" यह कहकर चिड़िया जोर लगाकर तेजी से ऊपर उड़ गई।

थोड़ी दूर उड़ने पर उन्हें एक अस्पताल परिसर दिखाई दिया, शहर के बीचोबीच होते हुए भी वहाँ चारों तरफ हरियाली पसरी हुई थी—"अरे, यह क्या! यहाँ पर तो फव्वारा भी लगा हुआ है, जरूर यह जगह तुम्हें अपने घरौंदे के लिए पसंद आएगी" चिड़ा बोला।

तब तक चिड़िया अस्पताल में बने अल्ट्रासाउंड सेंटर की खिड़की तक जा पहुँची थी। चिड़े की बात सुन, दूर से ही ची-चीकर उसने अपनी असहमति जताई—पास आते हुए चिड़े से बोली, "इस कसाईखाने में रहने से तो अच्छा है, हम किसी पुराने खंडहर में घर बसा लें।" दूर से आते हुए कुछ इनसानों को देख, बुरी तरह से डरकर भागती हुई वह चिल्लाई। "अभी तक तो हमारी जाति में चिड़ा-चिड़ी के बीच कोई भेद नहीं है। कहीं इन स्वार्थी प्राणियों के चक्कर में पड़कर हमारी मानसिकता ही गंदी न हो जाए।" यह कहते हुए वे दोनों तेजी से दूर कहीं सुरक्षित ठिकाने की तलाश में उड़ गए।

~***~

## कृतियाँ

'कबाड़ी, कबाड़ी' की तेज आवाज सुन उदय तेजी से गली की ओर भागा। बहुत समय से घर में रखे कबाड़ को बेचकर उसे पैसे जो चाहिए थे। थोड़ी ही देर में कबाड़ी ने अपना ठेला उसके कंपाउंड की ओर मोड़ दिया। वह अभी कबाड़ तुलवा ही रहा था कि तराजू के पास पड़े बोरे के नीचे उसने कुछ देखा। शंका से व्यथित उसने बोरे को वहाँ से हटाया तो

पिछले ही साल छपे अपने काव्य-संग्रह—'जी लेने दो' की प्रति देख उसकी आँखें छलछला उठीं। किसी तरह खुद को सँभालते हुए रद्दी को बेचकर वह अंदर वापस गया। वह आज महसूस कर रहा था कि भावनाएँ सड़कों पर नीलाम नहीं होतीं। पर यहाँ तो भावनाएँ नीलाम हो गई थीं। वह सोच रहा था कि उसने तो बड़े आदर के साथ खुद जाकर डॉ. कपूर को यह कृति भेंट की थी, फिर उससे गलती कहाँ हो गई? शायद इस पत्थरदिल संसार में उसने अपना मोम का दिल रगड़ डाला था, इसी गुनाह की तो सजा मिली थी उसे आज—तभी कुछ दिनों पहले ही पढ़ीं हरिवंशराय बच्चनजी की कुछ पंक्तियाँ उसे उस समय याद आ गईं—

"कविता ऐरे, गैरों के सामने घूँघट नहीं खोलती।"

उस समय तो नहीं, परंतु आज वह इन पांक्तियों में छुपी हुई बातों की गहराई को अच्छी तरह से समझ गया था।

~***~

# त्रियाचरित्र

"त्रियाचरित्र को मैं गाली नहीं, 'सर्वाइवल ऑफ फिटेस्ट' मानती हूँ।" उस प्रसिद्ध लेखिका ने पत्रकार से कहा—"राम और सीता के चरित्र का गुणगान करनेवाला हमारा यह समाज कैसे 'त्रियाचरित्र' को स्वीकार कर सकता है?"

रिपोर्टर ने प्रत्युत्तर में कहा—"आदर्शों की बातें सबको अच्छी लगती हैं।" बड़ी दृढ़तापूर्वक वह बोली।

"पर मैं आपकी बातों से पूर्णतः इत्तेफाक नहीं रखता हूँ।" रिपोर्टर बोला, "ऐसा चरित्र किस काम का, जो पूरे घर को ही सर्कस का मैदान बना दे और जहाँ केवल एक हंटरवाली का राज चलता हो। आपको नहीं लगता मैडम! कि ऐसी हरकतें औरत की कमजोर मानसिकता को दरशाती हैं और जो अपनी बेटियों की भी मानसिकता कमजोर कर देती हैं तथा उन्हें सच्चाई से इतर अनैतिक कार्य करने के लिए उकसाती हैं।"

"हाँ शायद, पर शायद नहीं भी।"

यह कह कर वह चुप हो गई।

~***~

## मदर्स डे

"रश्मि, टुमारो इज मदर्स डे, हाऊ आर यू सेलीब्रेटिंग इट?"

मिसेस मार्गेट ने बड़ी आत्मीयता से मुझसे पूछना चाहा।

"मदर्स डे? नो, नो मैम हम हिंदुस्तानी, मदर्स डे पर विश्वास नहीं करते है, हमारे तो दिन की शुरुआत ही माँ के चरण-स्पर्श के साथ होती है। हमारे लिए माँ देवी है, मय्या है, अंबा है, जगदंबा है। हमारे लिए सारी नदियाँ माँ और सारी गायें गौ माता हैं। हमारे लिए माता की आज्ञापालन करना, भगवान् की आज्ञा का पालन करने के समान है। हमारे लिए तो 365 दिन ही मदर्स डे है।" उस समय मैं अपने ही झोक में बोले चली जा रही थी और फिर जवानी का तकाजा भी था, तिस पर पराए देश जाकर अकसर हर हिंदुस्तानी कुछ ज्यादा ही देशप्रेमी हो जाते हैं। इस प्रकार माँ के बारे में मैं जाने क्या-क्या बातें मार्गेट मैम को बताए जा रही थी, "हमारा तो माँ से संबंध गर्भनाल से लेकर मृत्युपर्यंत रहता है। वही हमारे संस्कारों की जननी तथा हमारे भाविष्य की निर्मात्री होती है अत: हर हाल में वह देवी के समान हमारे लिए पूजनीय है" और भी न जाने क्या-क्या मैं उस दिन बोले जा रही थी, उस दिन मैम के चेहरे पर आते आश्चर्य के भाव देख मेरा चेहरा गर्व से ऊपर उठा जा रहा था।

अरे, मैं कौन सी तंद्रा में चली गई थी? इस घटना को घटे तो चालीस साल से ऊपर हो गए थे। पर वह घटना आज भी मेरी आँखों में ताजा बसी थी, बसी भी क्यों न हो, राजन के साथ बिताए खुशी के क्षण ही ऐसे थे कि वक्त कैसे गुजर गया, कुछ एहसास ही न हुआ। इधर-उधर नजर उठाकर उसने देखा—बाहर लाइट बंद हो चुकी थी। रिमोट उठाकर खुद ही टी.वी. बंद कर दिया। अब वह पलंग पर थी और हाथ में था मोबाइल। व्हाट्सएप खोलकर एक बार फिर से मैसेज पढ़ा-देखा, आशु ने मदर्स डे विश किया

था—'आइ लव यू मॉम' सूखी आँखों में कुछ चमक जागी, पर यह तो सुबह आठ बजे का मैसेज है और अब रात के नौ बज रहे हैं? अभी तक हैदराबाद से उसका फोन क्यों नहीं आया? शायद बिजी होगा, पर ऐसी व्यस्तता किस काम की कि माँ को ही भूल जाए?

रात को गले में खरास उठी, आसपास नजर उठाकर देखा, पास कोई भी न था—सर्वेंट-क्वार्टर में फोन करना चाहा, पर कुछ सोच पानी पीकर सो गई। तभी फोन की घंटी सुन वह नींद से जाग गई, उधर से आशू बोल रहा था, "सॉरी ममा, आज बात नहीं कर पाया क्या कँरू! ऑफिस से लौटने के बाद बच्चे प्रियम के साथ मर्दस डे मनाना चाहते थे, इसलिए थोड़ा बिजी हो गया था।"

मैंने भी उसे ओ.के. कहा—अब तक मुझे 'मदर्स डे' मनाने का मतलब कुछ-कुछ समझ में आने लगा था, जहाँ पर आकर मेरी सारी आदर्शवादिता धरी-की-धरी रह गई थी।

~***~

## अभी तो हम जवान हैं।

उम्र की ढलान पर पहुँचे कोई पचासेक साल के चार मित्र कानपुर क्लब के रेस्त्राँ में बैठे गपशप कर रहे थे। दूर बैठे लोगों को भी कभी-कभी उनके ठहाके सुनाई दे जाते थे। एक दोस्त कह रहा था—"यार मजे करो, अभी तो हमारी उम्र शुरू हुई है। कहकर, उसने एक बार फिर जोर से ठहाका लगाया, दूसरा बोला, "हाँ यार! अभी तो हमारी मस्ती की उम्र है।" कहकर औरों को आँख मारी, इसके बाद चारों दोस्त जाम हाथ में उठाकर आपस में 'चीयर्स' करते हुए। "अभी तो हम जवान हैं, अभी तो हम जवान हैं," कहते हुए अर्धनशे में झूमने लगे।

उनका वार्त्तालाप स्वीमिंग करके पास से गुजर रहे कुछ लड़कों ने सुना। आपस में वे बोले—"अंकलजी ऐसा क्यों कह रहे हैं?" दूसरा बोला, "शायद उन्को अपनी इस सोच पर शक है।" अंतिम लड़का कुछ मुसकराया, फिर

दोनों साथियों के कंधो पर हाथ रख बोला, ''यार हम लोग तो कभी ऐसा नहीं बोलते।''

शायद जरूरत भी नहीं समझते, क्योंकि सच तो आखिर सच होता है। यह कहते हुए तीनों लड़के आपस में मुसकराते हुए वहाँ से चले गए।

~***~

## कविता-पाठ

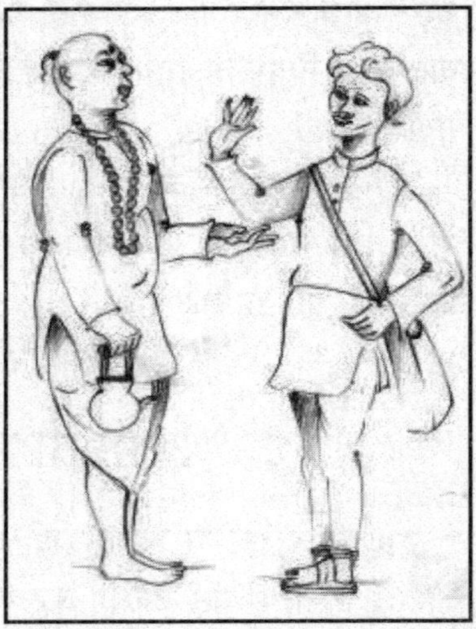

राह चलते एक कवि से उनके पड़ोस में ही रहनेवाले पं. अश्वनी गौड़जी टकरा गए। दोनों के बीच दुआ-सलाम हुई, कवि पंडितजी से बोला, ''श्रीमान् शाम के वक्त आप कहाँ जा रहे हैं?'' सीना चौड़ा कर पंडित बोला, ''पूजापाठ के लिए जा रहे हैं।'' दो मिनट रुककर पंडित ने पूछा, ''पर आप कहाँ?'' कवि भी बड़े नक्शेबाजी से बाल झटकाकर बोला, ''हम भी 'कविता-पाठ' के लिए जा रहे हैं।''

इस वार्त्तालाप के तुरंत बाद दोनों ज्ञानी अपने-अपने रास्ते चल दिए।

~***~

## टहनियाँ झुक गईं

अवि 'माँ, माँ!' करता हड़बड़ाकर बिस्तर से उठ गया और बगल में गहरी नींद में सोती माँ को देख झट से उसके बदन से जा चिपका। यह सत्रह-अठारह साल की उम्र भी कोई उम्र होती है, जब बच्चे, न बच्चे रह जाते हैं और न ही बड़े। यह क्या? अब तो उसकी आँखों से आँसू भी बह निकले थे तथा रोने की हिचकियों की आवाज सुन, अब तक माँ भी जाग गई

थी। सिसकते हुए उसने माँ की नब्ज पकड़ी और उसकी हृदय की धड़कन समान पाकर वह कुछ शांत हुआ और फिर कुछ ही देर बाद फिर से माँ-माँ कर उससे चिपक गया। उसके सिर पर हाथ रख माँ ने पूछा, "क्या कोई सपना देख लिया था? बेटा बोला, "आज मैंने सपने में पेड़ के तने को हिलता देखा, जिसकी हरी-भरी शाख पर मैं खुद बैठा था, उस पेड़ पर चिड़ियों ने घोंसले बना लिये थे और बुलबुल मधुर गीत गा रही थी तथा गिलहरियाँ तने को पकड़कर उछल-कूद मचा रही थीं तथा सूरज की किरणें उसके पत्तों पर अपनी लालिमा बिखेरकर नवयौवन का संचार कर रही थीं तथा पेड़ के पत्ते भी झूम-झूमकर अपनी मदमस्त जवानी का ऐलान कर रहे थे, तभी यह क्या? बादलों ने सूरज को ढक लिया। थोड़ी ही देर में चारों तरफ आँधी-पानी का साम्राज्य छा गया अभी कुछ ही देर पहले, अठखेलियाँ करता पत्तों का यौवन वहाँ कुछ थम सा गया। अरे, अरे यह क्या? जब तक कि पत्ते कुछ कहते, इस तूफान ने तो उस पेड़ को ही जड़ से अलग कर डाला था और पेड़ के तने से पीठ लगाए खड़ा मैं जो कुछ समय पहले तक पेड़ के वजूद को देख ढेरों सवाल कर रहा था कि यह क्या, पेड़ के गिरते ही उसकी टहनियाँ, चिड़ियाँ, कबूतरों का साम्राज्य एक ही क्षण में बिखरते हुए मैंने देखा," यह बात कहते-कहते उसकी आँखें फिर से आँसुओं से छलछला गईं। मन में पश्चात्ताप लिये थोड़ी देर बाद अवि घबराकर वहाँ से उठा और उसने माँ के पैर छूकर क्षमा माँगी और फिर कभी भी कमजोर जड़ोंवाले माँ के वजूद पर सवाल न उठाने की कसम ली।

~***~

## नाशपीटी

करवा चौथ के दिन कुछ स्त्रियाँ वृंदावन के वृद्धाश्रम में दान-धरम के लिए गईं दान किए चावलों को झोली में लेते हुए अनायास ही एक स्त्री पद्मा पूछ बैठी—"बहन, आज कौन सा दिन है?" वह बोली, "बुधवार।" "नहीं, मैं जानना चाहती हूँ कि क्या आज कोई खास दिन है, जो हमें इतना

सारा अनाज दान में मिल रहा है?" पास खड़ी लावण्या बोली, "अरी, बहना! आज तो करवा चौथ है। अत: आज तो हम करवा चौथ के चाँद को देखकर ही खाना खाएँगी।" एक वृद्धा बीच में ही कुछ उपेक्षा से बोली, "इससे क्या होगा?" वह झट बोली, "तुमको नहीं मालूम, इस व्रत को करने से पति की उम्र लंबी होती है, इस प्रकार हम सभी इस धरती से सुहागन विदा होंगी।

एक वृद्धा जो दूर खड़ी उनकी बातें सुन रही थी, अपनी लाठी के सहारे छोटे-छोटे कदम बढ़ाते हुए पास आकर बोली, "करवाचौथ तो हमने भी बहुत किया रहा बिटिया, पर ऊ चला गवा और हम नाशपीटी यहीं रह गईं।"

यह कहते हुए अनाज लेने के लिए उसने अपनी झोली आगे फैला दी।

~***~

## नई पड़ोसन

कंप्यूटर इंजीनियर मीनल अभी कुछ ही दिनों पहले अपने नए फ्लैट में रहने आई थी, आसपास कोई खास जान-पहचान भी न हुई थी। अभी वह कामवाली बाई से घर की सफाई करवा ही रही थी कि फ्लैट की घंटी बजी, दरवाजा खोला तो बिल्डिंग में रहनेवाली कुछ स्त्रियों को वहाँ खड़ा देख बोली, "आइए, आइए न!" उन्होंने अपना-अपना परिचय देते हुए मीनल से बरगद पूजने जाने के लिए पूछा। जवाब में वह बोली कि मुझे

बरगद पूजने पर भरोसा नहीं है, यदि पेड़ों के प्रति आस्था है तो उन्हें पूजने की जगह हमें उनके संरक्षण पर ध्यान देना चाहिए, रही बात सुहाग-रक्षा की तो दोस्तो मैं तो यही कहना चाहूँगी कि हिंदुस्तान में जितनी विधवाएँ हैं, उतनी कहीं नहीं हैं।'' अभी वह अपनी बात पूरी तरह से खत्म भी न कर पाई थी कि बीच में ही एक पड़ोसन कटाक्ष करते हुए बोली, ''पराये बेटे (सास के बेटे) के लिए बरगदाई और करवा चौथ का व्रत न सही, पर अपने बेटे के लिए चौथ के व्रत को तो जरूर करती होगी। इस प्रकार बिना उसकी जिम्मेदारियों को समझे, नई पड़ोसन को उलाहना दे, वे सभी कस-कसकर हँसने लगीं।

~ * * * ~

## चमचम

किसलय ने आज शाम अपने दोस्त चमचम को घर में बने बगीचे में बैडमिंटन खेलने के लिए बुलाया था, यों भी आजकल एकल परिवारों के अमीर घरों के बच्चों के पास नौकरों के बच्चों के साथ खेलने के अलावा और कोई दूसरा चारा भी नहीं होता है। उसके दोस्त के आने की बात सुन मैं बड़ी तन्मयता के साथ उसकी पसंद का नाश्ता बनाने में जुट गई।

शाम के वक्त उन बच्चों को खेलते देख मन बार-बार खिला जा रहा था, कितना वक्त बीत गया था, उसके इस बगीचे में फूल खिले। अभी तक तो किस लय भी छोटा था। चमचम अभी कुछ ही समय पहले उसके स्कूल में पढ़ने आया था, सरल बालमन कब दोस्ती के बंधन में बँध जाता है, यह किसी को भी पता नहीं। बीच-बीच में शटल कॉट (चिड़िया) उठा-उठाकर मैं उनको दे रही थी, मेरे इस छोटे से प्रयास से उस बच्चे चमचम से कुछ ही पलों में एक अंजान सा रिश्ता कायम हो गया।

खेल के दौरान, हालाँकि दोनों ही बच्चे खिलखिला रहे थे, परंतु न जाने क्यों नौ साल के उस मासूम चमचम के खिलखिलाते चेहरे के पीछे, मुझे एक उदासी भी दिखाई दे रही थी।

खेल के पश्चात् मैंने चमचम को गोद में बैठाकर उसके बारे में बातें

करनी शुरू कर दीं। बातों के दौरान मैंने जब उससे उसकी माँ के बारे में जानना चाहा—बड़े सहज भाव में वह बोला—"आंटी मेरी माँ नहीं है।"

यह सुन में सन्न रह गई, सोचने को मजबूर हो गई—"क्या पाप किया था इस मासूम ने, जो इतनी छोटी उम्र में भगवान् ने बच्चे को माँ से जुदा कर दिया?" यह सोचते-सोचते मेरे मन में करुणा उमड़ आई। आखिर सोलह साल की उम्र में मैंने भी तो माँ के खोने की पीड़ा को बरदाश्त किया था—वह दर्द जो रह-रहकर आज तक मुझे रीसता है, तभी, मेरी चोर निगाहें उस बच्चे के चेहरे के ऊपर गईं, पर यह क्या वह तो निर्विकार भाव लिये बड़े मजे से बर्गर खा रहा था। न जाने क्यों, आज उस पराये बच्चे के लिए मेरे मन में वात्सल्य उमड़ आया था। स्नेह से अभिभूत हो, मैं गोद में उसे बैठाकर अपने हाथों से उसे कोक पिलाने लगी। अनायास ही उसे पुचकारते हुए मैं पूछ बैठी, "चंपू बेटा माँ की याद आती है?" कहते-कहते मेरा गला रुआँ गया। मुझे रूआँसा देख वह बोला, "नहीं आती याद।" मम्मी की डेथ के समय मैं केवल दो साल का था, मम्मी के साथ जब मैं रहा ही नहीं, तब मैं उनकी याद कैसे करता? यह कह वह फिर से किसलय के साथ खेलने में मगन हो गया।

~***~

## दृष्टिकोण

आजकल के बच्चों के नखरों के किस्से सुनाते हुए पलक अपनी सखी शुभ्रा से बोली, "अब मेरी बेटी खनक रानी के किस्से सुनिए—मैडम पति-पत्नी के बीच में बड़ी शान से जगह बनाकर टाँग फैलाकर सोती है। फिर भी इनके नखरे हैं कि कम होने का नाम नहीं लेते, सोलह साल की उम्र में भी इनको लगता है कि कोई इन्हें छह साल की बेबी समझे।" हलका झल्लाकर—"क्या हैं आज के बच्चे!"

पलटकर तुरंत शुभ्रा बोली, "मैडम थोड़ा कूल होइए। वो तो बेचारी अपने मम्मी-पापा के साथ सो रही थी, वो बात और कि तुमको वे पति-पत्नी

लगे। यह तो अपना-अपना दृष्टिकोण है। इतनी सच्चाई भरी बात सुन पलक एक क्षण के लिए सोच में पड़ गई।

~***~

## उनकी दो

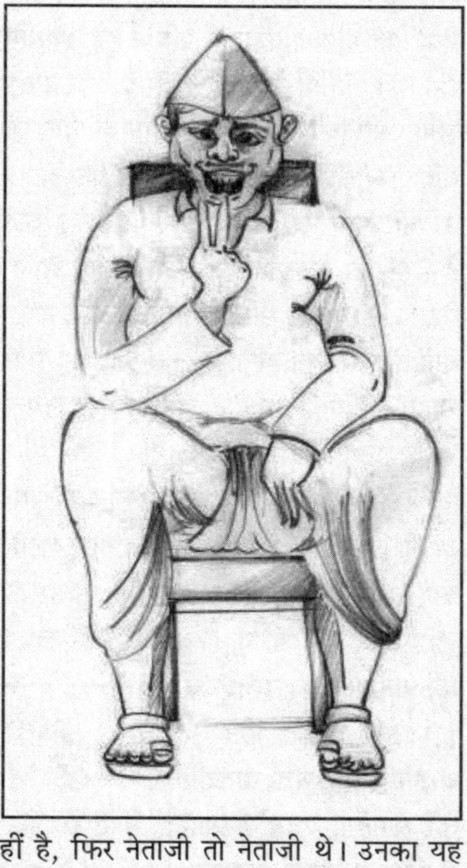

यह नेताओं से दोस्ती कभी-कभी बड़ी विचित्र परिस्थितियों में लाकर आदमी को खड़ा कर देती है, जिसके बाद न कुछ कहते बनता है और न ही सुनते बनता है। उस दिन नेताजी को कुछ मूड में देख मैं उनकी दूसरी पत्नी के बारे में पूछने की हिमाकत कर बैठा सवाल सुन बड़े शांत भाव से वे अपनी दोनों भवों को ऊपर की ओर उठाकर, मुझसे बोले, ''मेरी दो पत्नियाँ, तेरी एक से ज्यादा सुखी हैं।''

यह सुरा-सुंदरियों का नशा ही कुछ ऐसा होता है कि जिसके आगे आदमी को अच्छा-बुरा कुछ सूझता ही नहीं है, फिर नेताजी तो नेताजी थे। उनका यह अजीब सा तर्क सुन मुझसे आगे कुछ बोलते न बना और अपराधी न होते हुए भी, उस समय मैं दोनों ओर बगलें झाँकने लगा था।

~***~

# हरसिंगार झर उठे

नारी सशक्तीकरण पर गोष्ठी चल रही थी, सभी लेखक लेखिकाएँ अपनी अपनी क्षमताओं के हिसाब से इस विषय से संबंधित अपने-अपने जवाब दे रही थीं। कुछ बातें किसी निष्कर्ष पर पहुँचती दिखाई देती थीं और कुछ बिना निष्कर्ष के बीच में ही ध्वस्त हो जाती थीं। इसी बीच ट्रे में चाय लिये वह महिला कमरे में प्रविष्ट हुई, जिसके घर पर गोष्ठी का आयोजन हो रहा था। पतिदेव ने गोष्ठी में से झट उठकर पत्नी के हाथ से ट्रे सँभाली और सभी आगंतुकों को एक-एक करके चाय का कप पकड़ाने लगे, यह देख, महिला बोली, "बुरा न मानो तो मैं एक बात कहूँ।" मेरी राय में सभी विद्वान् उसकी तरफ मुखातिब हो गए। तब वह बोली, "दोस्तो, सच पूछो तो यही है—महिला सशक्तीकरण। यदि आपके अपने घर के पुरुष सदस्यों को आपकी मेहनत, ज्ञान और भावनाओं की कद्र हो जाए तो जानिए कि इससे ज्यादा वह क्यों और सशक्त होना चाहेंगी? जब भी प्यार से 'ये' मुझसे मेरी राय जानना चाहते हैं? यकीन मानिए, मुझे तो ऐसा लगता है कि मेरी बगिया में हरसिंगार महक उठे हैं।"

लेखक पति ने भी पत्नी की बात का समर्थन करते हुए कहा, "हमारे लिए अपनी जिंदगी का सर्वस्व न्योछावर करनेवाली इन माँ, बहनों और पत्नी के लिए क्या तारीफ के दो छोटे सच्चे बोल भी हम नहीं बोल सकते ईमानदारी से?

आगे पति बोला, "आपको नहीं लगता दोस्तो? इन भावभूमि देवियों की भावनाओं की परवाहकर हम इन्हें कुंठित होने से बचाने में एक बड़ा योगदान कर सकते हैं? तब कुंठाओं से रहित ये देवियाँ सास बन, कभी भी बहुओं को न सताएँगी, इस तरह से वे एक-एक = 0 की जगह

## गीदड़ बेचारा

एक बार एक शिकारी ने एक हिरण का शिकार किया। जैसे ही शिकारी मृत हिरण के पास पहुँचा तो उसे एक साँप ने डँस लिया। शिकारी जैसे ही पृथ्वी पर गिरा तो उसके नीचे दबकर साँप भी मर गया। तभी भोजन की तलाश में घूमता-घूमता एक गीदड़ वहाँ आ पहुँचा।

एक साथ इतना भोजन देखकर गीदड़ फूला नहीं समाया। वह हिसाब लगाने लगा कि यह हिरण कोई दस दिन चलेगा और यह शिकारी भी दस-पंद्रह दिन निकाल ही देगा। एक दिन तो साँप भी चल ही जाएगा। कोई एक महीने का पक्का इंतजाम हो गया है। कल ब्रह्ममुहूर्त में विधि-विधान से इस भोजन-अनुष्ठान का शुभारंभ करेंगे। अब तो शाम ढल चुकी है। सुबह जल्दी उठ जाना है। थोड़े से समय को क्यों न ऐसे ही बिता दिया जाए और नहीं तो चलो शिकारी के इस धनुष की ताँत को ही चबा लेते हैं।

ऐसा सोचते हुए उस गीदड़ ने चबाने के लिए धनुष की ताँत को अपने दाँतों के बीच दबाया। जैसे ही ताँत कटी, दबाकर ताँत की डोरी चढ़ाया हुआ धनुष बहुत जोर से सीधा हुआ और गीदड़ के गले से टकराया। बेचारा गीदड़ वहीं ढेर हो गया। और सुबह भोजन-अनुष्ठान का कार्यक्रम धरा-का-धरा रह गया।

~***~

## गुलाब और घास

माली को बगीचे में देखकर कुछ पौधे चहक उठे और कुछ तनाव में आ गए। आते ही हाथ में खुरपी ले, गुलाबों की क्यारी के आसपास उग आई घास को काट-काटकर माली बगीचे के पास फेंकने लगा। घास-कटाई के बाद पौधो को खाद-पानी दे, वह वहाँ से निकल गया। जबकि सड़क के किनारे पड़ी घास अपने दुर्भाग्य पर अभी भी सुबक रही थी। तभी दूर से "मजदूर एकता जिंदाबाद" का नारा लगाते हुए आंदोलनकारी आते हुए दिखाई दिए, उनकी आवाज ऊँची और ऊँची होती जा रही थी। थोड़ी देर में पुलिस ने

प्रदर्शनकारियों पर लाठी चार्ज करना शुरू कर दिया, चारों तरफ चीख-पुकार मच गई। आंदोलनकारी इधर-उधर जान बचाकर भागने लगे, डंडा खाते कुछ प्रदर्शनकारी बगीचे में जा छुपे, थोड़ी ही देर में भीड़ तितर-बितर हो गई।

गुलाब ने कोलाहल सुना, बाउंडरी बाल के बाहर झाँककर घास से उसने पूछा, "अरी घास यह सब यहाँ क्या हो रहा है?" चिढ़कर घास बोली, "कुछ खास नहीं, किसी गुलाब के लिए फिर से घास उखाड़ी जा रही है।"

यह कहकर उसने अपना मुँह बिचका दिया।

~✻✻✻~

## सॉरी माँ!

आज न जाने क्यों ऐसे ही तुम्हारी याद हो आई है माँ, आपको हमेशा मुझसे शिकायत रही है कि मैं खुद फोन मिलाकर आपसे बात क्यों नहीं करती? इसके पीछे कई कारण रहे हैं, पर आज तक मैं उन्हें ठीक से तलाश न पाई, अब मेरी वह तलाश पूरी हो चली है, अत: आप से इस विषय पर बात करने की हिम्मत जुटा पा रही हूँ।

वह आगे बोली, "सबसे पहले तो मैं आपको धन्यवाद देना चाहूँगी, जो इतने प्यार से बेटों के जैसी मेरी परवरिश की," पर, पर माँ,...कहते हुए उसकी आवाज ठहर गई लड़खड़ाती आवाज से वह फिर बोली, "बेटा जैसा मानने के लिए धन्यवाद, पर आपको इस बात का घमंड भी तो कम न था, नहीं, नहीं मैं कुछ नहीं कह सकती"—कहकर, उसने फोन काट दिया।

थोड़ी देर बाद माँ के मोबाइल पर मैसेज आ रहा था—''धन्यवाद बेटे के जैसे पालने के लिए। पर बिदा तो किया था बेटी के जैसे ही न!'' सॉरी माँ, सॉरी।

~***~

## आगे-पीछे

यह मध्य आयु भी क्या चीज है? उम्र बढ़ने के साथ आदमी व्यस्त-दर व्यस्त होता चला जाता है। लाख कोशिश करो, पर जिम्मेदारी तथा व्यस्तताएँ दूर होने का नाम ही नहीं लेतीं, एक दिन कार्यों की व्यस्तता से परेशान, मैं चाचा के सामने बोली, ''क्या समय आ गया है, काम है कि कम होने का नाम ही नहीं लेता, अपने लिए शौक तो कुछ कर ही नहीं सकते, बस, सारे दिन गधे के जैसे लगे रहो।''

यह सुन चाचाजी मुसकराए और बोले, ''समय नहीं, लोग बदल गए हैं बिटिया। जिस दबाव की बात तुम कर रही हो, कभी वैसे ही दबाव हमने भी तुम्हारी उम्र में झेले हैं—यह सुन मुझे एहसास हो रहा था, जीवन है तो संघर्ष है, तभी तो सभी धर्म ग्रंथ संसार सागर के संघर्षों से मुक्ति का साधन हमें बताते है। फिर मनोविज्ञान के हिसाब से भी मानव मन और उसके कार्य भी तो लगभग एक-से होते हैं।

यह सुन मैंने संतोष की साँस ली कि यह सब तो सहज प्रकृति है, जो हर किसी के साथ आगे-पीछे होती रहती है, अतः हमें इनसे घबराना नहीं चाहिए।

~***~

## स्पेशल चाइल्ड

जैसा कि हम सभी जानते हैं, आजकल बात-बात पर मेडिकल चेकअप होने लगे हैं। एक माँ अपने पाँच-छह साल के बच्चे को लेकर डॉक्टर के पास गई बोली, डॉक्टर साहब वैसे तो मेरा बेटा काफी ठीक-ठाक है, खूब दूध पीता है, खाना और मिठाइयाँ खाता है। खेलने और गाने में नंबर वन, पढ़ाई में भी ठीक-ठाक है, पर न जाने क्यों, यह अपनी उम्र के अन्य बच्चों

की तरह पीजा, बर्गर और पेप्सी पीना पसंद नहीं करता, इसकी यह हरकत देखकर मन में रह–रहकर बुरे–बुरे खयाल आते हैं।

माँ की परेशानी को ध्यान से सुनकर डॉक्टर सोचने लगा, सोचता रहा, फिर उसने पूछा, ''आपका यह बच्चा टी.वी. देखता है?'' माँ ने नहीं में सिर हिलाया और बोली, ''सॉरी डॉक्टर, हड़बड़ी में मैं आपको यह बताना भूल गई कि न तो यह टी.वी. देखता है और न ही वीडियो–गेम खेलता है, इस बात से तो मैं सबसे ज्यादा परेशान हूँ।''

माँ की मानसिकता समझ, इस बार डॉक्टर मुसकराया फिर बोला, ''चिंता न करें। मैं इसे टी.वी. और वीडियो देखने का सात दिन का कोर्स देता हूँ, आपको तीसरे दिन से ही बच्चे की हालत में सुधार दिखाई देने लगेगा और आपका बच्चा स्पेशल चाइल्ड से कॉमन चाइल्ड की तरह व्यवहार करने लगेगा।

***

## आत्मसमर्पण

चंबल के एक दुर्दांत डाकू ने पुलिस की दबिश से बचने के लिए अंततः आत्मसमर्पण कर दिया। कुछ समय की सजा काटने के बाद सत्ताधारी पार्टी की तरफ से उसे चुनाव का टिकट मिल गया और संयोग देखिए कि वह जीत भी गया और उसे एक महत्त्वपूर्ण मंत्री पद भी मिल गया। एक दिन उसका एक पुराना साथी उससे मिलने आया। साधारण बातचीत के दौरान उसने कंधे पर हाथ रखके कहा, ''दोस्त अगर तुम्हें राजनीति में ही आना था तो तुम डाकू क्यों बने और डाकू बने तो फिर आत्मसमर्पण क्यों किया। भूतपूर्व डाकू मुसकराया, ''दोस्त यह राह मेरे लिए बड़ी आसान

थी, जो भी काम हम आज तक करते आए थे, उनका पूर्ण उपयोग यहाँ पर था'', फिर ठहाका लगाकर हँसा और बोला, ''सच तो यह है कि राजनीति में ही आना था, इसीलिए मैंने आत्मसमर्पण किया था, पहले जहाँ हर समय 'फंदा' दिखाई देता था, वहीं अब लाखों लोग फूलों के हार लिये खड़े रहते हैं।'' यह कहते हुए उसने एक बार फिर से अट्टहास किया। यह बात और कि कमरा बंद होने के कारण किसी को उसका अट्टहास सुनाई न पड़ा।

~✻✻✻~

## हिंदी की कक्षा

उस दिन हिंदी की कक्षा में मुहावरों का वाक्य-प्रयोग करना सिखाया जा रहा था। लाख कोशिश करने के बावजूद दीप्ति आज भी क्लास में पाँच मिनट लेट पहुँची, अचानक आए व्यवधान को देख पढ़ाती हुए टीचर एक मिनट रुकी, दीप्ति की ओर देख बोली, ''क्यों लेट थी?'' वह अब भी ठंड से सिकुड़ रही थी, तभी ब्लैक-बोर्ड पर लिखे मुहावरे की ओर देखकर टीचर दीप्ति से बोली, ''इसका वाक्य-

प्रयोग बना सकती हो?'' अनायास ही दीप्ति के मुँह से निकल पड़ा, ''जाड़े में ठंडे पानी से नहाने पर हम सबको 'नानी याद आ जाती है।'' यह सुनना था कि क्लास में हँसी का फव्वारा छा गया और उस क्षण टीचरजी भी मुसकराए बिना न रह सकीं।

~✻✻✻~

# चेन सिस्टम

मुहल्ले में बिजली विभाग का सुपरवाइजर राउंड पर था। उसने गुप्ताजी के दरवाजे की घंटी बजाई, गुप्ताजी ने मीटर सेट करने की बात की। कुछ ना-नुकुर के बाद वह इस शर्त के साथ माना कि वह उन्हें किसी ऐसे व्यक्ति का नाम बताए, जिसके यहाँ भी बिजली चोरी होती है। गुप्ताजी ने दो मकान बाद के यशवंत वर्मा के मकान का पता बता 500 रुपए की पूजा कर उससे मुक्ति पाई, अब सुपरवाइजर का अगला ठिकाना था—'यशंवत वर्मा'। यशंवत वर्मा ने कोहली साहब के घर की ओर इशारा कर दिया। अब तक गुप्ताजी, यशंवत वर्मा तथा कोहली साहब के घर को मिलाकर कुल पंद्रह सौ रुपए उसके पास हो गए थे। शाम होते-होते संख्या छह हजार पर जाकर खत्म हुई। उसने मन-ही-मन अपनी पीठ ठोंकी और घर की ओर चल दिया। मान गए इस चेन सिस्टम तथा भ्रष्टाचार को।

~***~

# नास्तिक

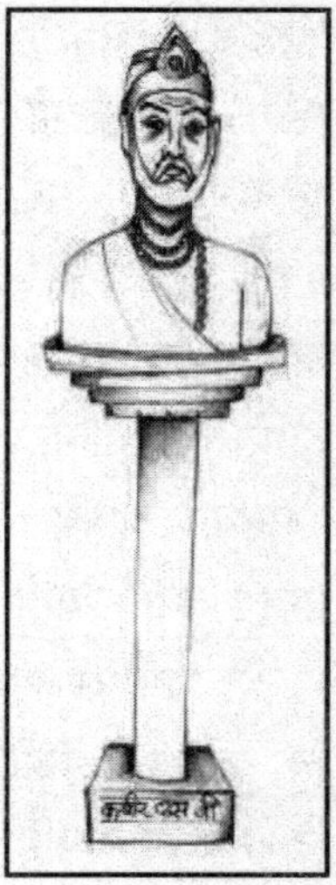


एक व्यक्ति को मूर्ति पूजा बिलकुल पसंद नहीं थी, इसका मानना था कि जिस मूर्ति पर चूहा भी मूत दे और अपनी रक्षा करने के लिए भगवान् न आएँ, तब ऐसी मूर्तिपूजा से क्या फायदा? यह सोच, उसने एक नए धर्म की स्थापना की, उसके विचारों से प्रभावित हो, देश-विदेश में हजारों लोग उसके चेले बन गए। एक समय वह भी आया जब वह बूढ़ा हुआ और अपनी इच्छा से उसने प्राण त्याग दिए।

उनके अनुयायियों ने, जहाँ उसने प्राण त्यागे थे, ठीक उसी जगह संगमरमर के पत्थरों की समाधि बनवा डाली और उसके ऊपर उसकी एक कीमती मूर्ति लगवा दी।

~***~

## कौन?

क्या करें, जब दुनिया सोती है, हम जग जाते हैं और जब दुनिया जगती

है, तब हमारी नींद पूरी हो रही होती है। कहीं गलती से आप हमें निशाचर न समझ लीजिएगा। हमारे हाथ में कोई गदा-तलवार वगैरह कुछ नहीं है। हम तो रात होते ही हाथ में एक छोटी सी कलम दबाकर बैठे जाते हैं। क्या करें मन में इतने सारे विचार कबड्डी जो खेला करते हैं।

क्या करें श्रीमान्, हम तो लेखक हैं लेखक।

~***~

## बेचारे

एक व्यक्ति के घर पर बहुत बड़ी चोरी हो गई। शहर भर में उस चोरी का हल्ला हुआ। घरवाले हर आनेवाले तथाकथित हमदर्दों से अपने दुःख का रोना रोते। हद तो तब हो गई, जब घर के मर्द भी आँसू बहा-बहाकर रोते दिखाई दिए, कुछ लोगों को उन पर दया व करुणा आई, तो कुछ ने इस घटना को सिरे से नकार दिया, तो कुछ आँसुओं को घड़ियाली आँसू कहने से भी नहीं चूके, एक पड़ोसी ने तो चिढ़कर कहा, "अब आया ऊँट पहाड़ के नीचे" खैर, बात जो भी हो, यह सब देखकर घर आकर गोविंद ने कहा, "इनका बाप मरा था, तब तो ये बड़े शांत दिखाई दे रहे थे, पर आज, आज तो दहाड़ मार-मारकर रो रहे थे, क्या रुपए इतनी बड़ी चीज है?" तभी झट से अभिषेक बोला, "शायद इनके लिए बड़ी चीज है, तभी तो इतनी दहाड़ मारकर रो रहे हैं। बेचारे!" इतना कहकर मुसकरा दिया।

~***~

# टिल्लू

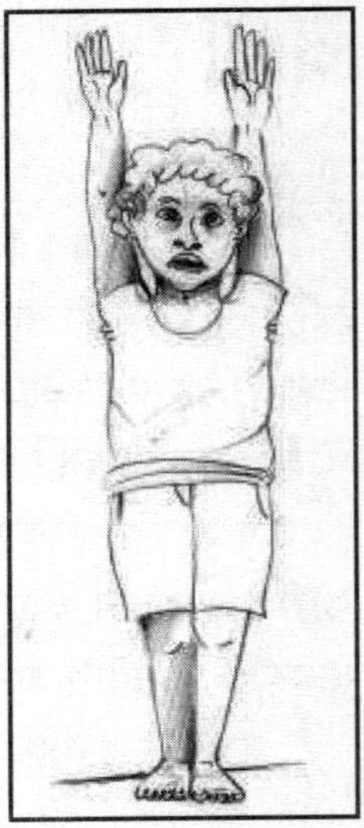

बड़ी तेजी से आतंकवादी आगे की तरफ बढ़े चले आ रहे थे, किसी के हाथ में तलवार तो किसी के हाथ में लाठी थी, कोई-कोई तो लोहे की रॉड लिये तेजी से आगे बढ़े आ रहे थे, सभी की आँखों में खून सवार था। तभी सामने आता एक बच्चा उन्हें दिखाई दे गया। वे सब चिल्लाए, ''वह देखो दुश्मन का अंडा है मारो, मारो-काटो इसे।'' एक बोला, ''आज बीज है कल पेड़ बने, इससे पहले काट डालो। दुश्मन को, एक क्षण टिल्लू विचलित हुआ और फिर बोला, ''न तो मैं बीज हूँ और न ही 'अंडा' प्लीज मुझे मत मारो, मैं तो टिल्लू-हूँ-टिल्लू।''

~***~

# शुक्रिया तहेदिल से···

ये मेरे भाव थे, जो नन्ही-मुन्नी कहानियों के माध्यम से मैंने आपके सामने पेश किए।

यह बात मैं अच्छी तरह से जानती हूँ कि किसी और के भावों को अंतिम पन्ने तक पढ़ना तथा उसे आत्मसात् करना कोई आसान काम नहीं है, फिर भी यह अंतिम पन्ना आखिरकार आपके हाथों में है। इसके लिए एक बार फिर से आपको धन्यवाद।

**दोस्तों, यह तो अल्प विराम है।**
**पर, सफर अभी जारी है।**

□□□